Benford · Das Jupiterprojekt

Gregory Benford

Das Jupiterprojekt

Boje-Verlag Stuttgart

Aus dem Amerikanischen übertragen von Bernd Rullkötter
Titel der Originalausgabe: Jupiter Project
Erschienen bei Thomas Nelson Inc., New York

82 81 80 79 78 1 2 3 4 5

Gesamtherstellung: Ebner, Ulm
Umschlag: Klaus Bürgle
Printed in Germany · ISBN 3 414 11970 6

1

Nach allem, was hier draußen, fern von der Erde und ihren Bewohnern, passiert ist, weiß ich kaum, wo ich zu erzählen anfangen soll. Ich habe mich sehr verändert. Der Matt Bowles, der dies schreibt, ist nicht mehr der rotwangige, etwas naiv dreinschauende Junge, der er einmal war, und vieles hat sich auch am Jupiterprojekt verändert; vielleicht sollte ich deshalb mit dem beginnen, was außerhalb der Büchse geschah, und die rötlich-braunen Streifen und wirbelnden weißen Ammoniakwolken des Jupiter beschreiben.

Ich könnte auch damit anfangen, wie Vater die Bombe platzen ließ und mir meine Chancen, hier draußen zu bleiben, ausmalte – hier draußen in der Umlaufbahn des Jupiter, in der Büchse. Ich hatte es wohl immer für allzu selbstverständlich angesehen, hierbleiben zu können . . .

In Wirklichkeit allerdings begannen alle meine Probleme schon etwas früher am selben Tag: auf dem Squashplatz. Ich war am Verlieren und wußte nicht, warum.

Das heißt natürlich nicht, daß ich aufgegeben hätte. Mein Vater sagt immer, daß ein richtiger Bowles das Wort „aufgeben" nicht kennt; so bin ich erzogen worden. Deshalb dachte ich auch nicht lange daran, mich damit abzufinden, daß Juri Sagdaeff mich aus dem Squashturnier ausschaltete.

Aber ich war, wie gesagt, am Verlieren: Juri hatte gerade so hart aufgeschlagen, wie er konnte. Ich sah, wie der Ball von der Röhrenwand abprallte und ins Vorderfeld sauste. Der Squashplatz ist ein Zylinder. An einem Ende liegt die Wand des Vorderfeldes, am anderen die des Rückfeldes. Da die Schwerkraft fehlt, gibt es im Grunde kein oben und unten. Ziel des Spiels ist es, einen schwarzen Gummiball von beiden Enden des Zylinders, der Vorfeld- und Rückfeldwand, abprallen zu lassen, bevor der Gegner ihn mit seinem Schläger erwischen kann.

Ich setzte zum Sprung an und versuchte zu schätzen, wie schnell der Ball war und wo ich ihn abfangen könnte. Vielleicht vergebens, denn der Ball hatte ein schönes Tempo drauf. Wenn ich ihn verfehlte, würde Juri 18:12 führen.

Ich umklammerte meinen Schläger und sprang. Selbst wenn man einige Jahre im Raum gewesen ist, erinnert man sich nur mit Mühe daran, daß in der Schwerelosigkeit schon ein kleiner Anstoß genügt, um einen schnell ans Ziel zu befördern. Der Verstand weiß natürlich, daß es so ist, aber wenn man eine Zeitlang in einem G-Feld gearbeitet hat, muß sich der Körper erst wieder daran gewöhnen.

Ich sprang also zu weit. Wohl aus Übereifer. Ich stieß mich von einer Seite der Röhre ab, etwa auf halber Höhe des Zylinders. Einen Moment später schwebte ich dahin; ich bemühte mich, sowohl den Squashball im Auge zu behalten, der vom Vorderfeld her auf mich zukam, wie die Röhrenwand, der ich mich stetig näherte.

Der Ball war nicht etwa zu weit weg. Ich konnte ihn mit dem Schläger erreichen. Aber wenn er in die Nähe meines schlagbereiten rechten Armes kam, mußte ich meinen Salto schon halb abgeschlossen haben. Die Röhrenwand flog förmlich auf mich zu, deshalb mußte ich mich schnell überschlagen und, mit den Beinen nach vorn, abbremsen, ehe ich dagegen donnerte.

Richtig geschätzt, hätte ich den Ball ohne weiteres zurückschlagen und dann bequem den Salto machen können. Hatte ich aber nicht.

„Ach!" entschlüpfte es mir, und Juri lachte.

Automatisch streckte ich die Arme zur Seite und ließ sie kreisen, um mich Hals über Kopf zu überschlagen. In der Mitte des Saltos hatte ich eine Idee – oder vielleicht war es auch nur ein Reflex. Jedenfalls drosch ich krampfhaft mit dem Schläger um mich und zielte auf die Stelle hinter meinem Rücken, wo der Ball vorbeikommen mußte.

Tock! Der Ball prallte auf den Plastikrand meines Schlägers. Ich beendete den Überschlag und wandte den Kopf gerade rechtzeitig, um zu sehen, wie der Ball gemächlich zurück auf den Vorderplatz segelte. Dann trafen meine Sohlen auf die Wand, und ich hielt an. Juri brüllte auf, wollte schon springen, überlegte es sich dann aber anders. Der Ball prallte weich gegen die rote Wand des Vorderfeldes und trieb in schräger Richtung davon. Gleich darauf schlug er gegen die Röhrenwand und war damit, den Spielregeln entsprechend, „tot".

„T-t", machte ich milde. „Sieht so aus, als wenn du diesen Punkt doch nicht kriegst."

„Glückssache!" sagte Juri finster. Er stieß sich von der Wand des Rückfeldes ab und glitt zum Vorderfeld hinüber. Vor der roten Wand machte er einen halben Überschlag – und fing den Ball, alles in einer einzigen fließenden Bewegung.

Kein Zweifel, Juri ist gut. Er arbeitet viel bei Schwerelosigkeit, wenn er Raketenantriebe repariert. Außerdem trainiert er. Aber irgend etwas störte mich an seinem Spiel. Ich hatte leichte Bälle verpaßt, weil ich nicht rechtzeitig in Position kam. Und ich hatte einen Verdacht, warum auch nicht.

„Du schlägst auf", sagte er und warf mir den Ball zu. Juri ist stämmig, muskulös und ziemlich eindrucksvoll aus der Nähe. Er hat kurzgeschnittenes schwarzes Haar, ein kantiges Kinn und eine breite, flache Nase. Wenn man die Augen etwas zukneift, sieht er aus wie ein schlecht gezeichneter Entwurf für einen Panzer.

Er fragte: „Außer Atem?"

„Wieso auch! Um dich hat sich die medizinische Abteilung doch Sorgen gemacht, Juri! Deshalb nehme ich dich lieber nicht so hart ran." Mir war klar, daß das ziemlich lahm klang. Reine Großtuerei. Immerhin hatte meine Bemerkung einigen Erfolg: Juri lief purpurn an. Dann zwinkerte er, als erinnere er sich daran, daß ich ihn aus einer Position der Schwäche hochnahm. Mürrisch wandte er sich ab.

„Schlag auf, Jungchen."

Ich wollte sehen, ob meine Ahnung richtig gewesen war, ließ mich zum hinteren Teil des Zylinders treiben und bremste. Juri kauerte an der Röhrenwand, genau zwischen den beiden Begrenzungen.

Ich schwang den Schläger und servierte den Ball so, daß er diagonal fortsegelte. Er schlug dumpf auf die Wand des Vorderplatzes auf.

Juri stieß sich ohne Eile ab und klatschte den kleinen schwarzen Ball zurück, als er an ihm vorbeikam.

Um den Punkt zu gewinnen, hätte ich mich jetzt schon mit kreisenden Armen abgewandt und auf den Schlag vorbereitet haben müssen. Doch der Punkt interessierte mich nicht. Ich wollte Juri beobachten. Eines der Probleme beim schwerelosen Squash ist, daß man sich ganz aufs Manövrieren konzentrieren muß, wobei man dem Gegner gewöhnlich den Rücken zudreht. Meistens kann man den Ball nicht im Auge behalten. Daher hat sich eine Art Übereinkommen entwickelt, das besagt, daß man den Raum zwischen dem Gegner und dem Ball freihalten soll, damit diesem nicht die Sicht genommen wird.

Ich manövrierte, bemühte mich aber nicht sehr, die richtige Position zu erreichen. Dafür beobachtete ich Juri aus den Augenwinkeln. Er glitt durch die Röhre, schaute zu mir zurück und stieß sich wieder ab. Dieses Mal folgte er einem Kurs, der sekundenlang zwischen mir und dem Ball verlief, so daß ich nicht sehen konnte, wo der Ball von der Röhrenwand abprallte.

Als hätte ich nichts bemerkt, stieß ich mich nach links ab, in die entgegengesetzte Richtung wie Juri. Der Ball flog vom Vorderfeld herüber, traf die Röhrenwand und drehte zur Seite ab. Juri hatte mit Effet geschlagen, und das wäre mir auch nicht entgangen, wenn ich den ersten Aufprall des Balles hätte sehen können.

Ich bewegte mich in eine Richtung, der Ball unvermittelt in die entgegengesetzte; dabei war er gar nicht so weit weg. Ich krümmte mich und versuchte, die Röhrenwand zu erreichen, um mich noch einmal abzustoßen, aber das reichte nicht. Mein Schläger stieß zu, doch der Ball segelte vorbei und knallte hohl gegen die blaue Wand des Rückfeldes.

„Damit steht es . . .“, sagte Juri.

„Achtzehn“, fuhr ich fort, „zu dreizehn.“

Schön, was er getan hatte, war nicht verboten. Es entsprach nur nicht dem Übereinkommen. Aber ohne einen Schiedsrichter konnte ich nichts beweisen. Jetzt ging mir ein Licht auf, warum ich Bälle um ein paar Zentimeter verfehlt hatte, warum ich seine Bewegungen nicht vorausberechnen konnte und den Ball aus dem Blickfeld verloren hatte. Es lag an Juris Spielweise.

Juri hatte den nächsten Aufschlag. Ich bewies wieder einmal, daß wir Bowles ein bißchen langsam kapieren. Juri servierte genauso wie vorher, plazierte den Ball aber einen Meter weiter weg als vorher. Deshalb mißlang mir diesmal der Trick, während des Saltos zu schlagen. Außerdem konzentrierte ich mich nicht richtig. Ich kochte vor Wut und hätte mich ohrfeigen können, weil ich Juris Taktik nicht früher durchschaut hatte.

Nun mußte ich aufschlagen. Ich holte tief Atem, doch die Luft roch sauer und schal. Mit aller Kraft prügelte ich auf den Ball ein und ließ meine Wut an ihm aus. Schlecht gezielt kam er vom Vorderfeld zurück. Es war eine saubere Vorlage für Juri. Er schmetterte den Ball kraftvoll an mir vorbei, und ich konnte ihn nach dem Abprall nicht erwischen. Noch ein Punkt für ihn.

Juri schlug auf. Es folgte ein respektabler Ballwechsel, der mich außer Atem brachte. Er überlistete mich mit einem trickreichen kleinen Schuß, und es stand 21:13. Spiel, Satz und Sieg.

Ich hielt in der Mitte des Platzes an. „Großartig, Juri", sagte ich sanft. „Wie schnell du wächst! Von Tag zu Tag wirst du größer. Man sieht fast nicht mehr an dir vorbei!"

Juri stierte mich an: „Soll das eine Anspielung sein?"

„Nicht, daß ich etwas beweisen könnte."

„Eben. Alle wissen, daß ich trainiert habe, um dich zu schlagen. Es wäre nicht sehr sportlich von dir, wenn du dich nach solch einer Pleite auch noch beklagst."

„Meinst du, man würde mir nicht glauben?"

„Einige würden sich Gedanken machen." Er knallte den Schläger lässig durch die Luft wie bei einem Vorhandschlag und betrachtete ihn sorgfältig. „Aber ich glaube nicht, daß du so dumm bist." Er holte noch einmal aus; es klang wie ein Peitschenknall.

Ich biß die Zähne zusammen, packte meinen Schläger . . . und kam mir töricht vor. Er hatte recht. Ich konnte nichts beweisen, und eine Keilerei auf dem Platz würde auch nichts ändern.

„Egal. Um das Turnier zu gewinnen, mußt du Ishi erst schlagen. Ich glaube nicht, daß der die gleichen Fehler macht wie ich."

Dessen war ich sicher; dafür würde ich sorgen.

„Wird sich zeigen." Juri machte eine Pause. „Ich bleibe noch ein bißchen hier, um zu trainieren", meinte er bedeutungsvoll.

„In Ordnung, ich muß sowieso gehen. Ich habe Wache im Monitorraum."

Niedergeschlagen machte ich mich davon. Ich öffnete eine gewölbte Tür in der Zylinderwand und zwängte mich in die daran anschließende Einmanntransferröhre. Ich ließ mich darin treiben, indem ich jeden zweiten Handgriff benutzte, und kam an eine andere Luke. Sie führte in eine etwas geräumigere Röhre, in der auch Gegenverkehr möglich war. Aber ich traf niemanden auf den zweihundert Metern zur „Spitze" der Zentralachse.

Der Squashplatz liegt nämlich an der Zentralachse meines Heimatsatelliten, des Jupiter-Astronautisch-Biologischen Orbitallaboratoriums, JABOL; und weil das ein solcher Brocken ist, nennen wir es natürlich anders – gewöhnlich einfach „Büchse".

Sie sieht tatsächlich ungefähr wie eine riesige Konservendose aus, die sich langsam in der kohlschwarzen Nacht des unendlichen Raumes dreht. Den Deckel der Büchse bildet ein Pfannkuchen aus Wasser, der von einem flexiblen Plastiksack gehalten wird. In Wirklichkeit ist es allerdings kein Deckel, sondern ein Strahlenschutz; er schwebt fünfzig Meter über dem rotierenden Metallzylinder der Büchse. Der „Boden" sieht genauso aus; weshalb man von außerhalb nur schwer in die Büchse hineinblicken kann. Wenn man es könnte, würde man merken, daß sie nicht massiv ist. Im Zentrum befindet sich ein großer Hohlzylinder, der sich zum Raum hin öffnet. Dort verankern wir unsere Schiffe und Fähren. Es ist genug Platz da, denn dieser „Hafen" hat einen Durchmesser von zweihundert Metern. Mitten durch läuft ein

Rohr: die Zentralachse, die durch Speichen mit dem Hauptteil der Büchse verbunden wird; dort befand ich mich jetzt.

Die Achse dreht sich nicht mit den anderen Teilen der Büchse, da sie, wie es in der Fachsprache heißt, kardanisch aufgehängt ist. Das bedeutet, daß in ihr keine Zentrifugalkräfte herrschen. Sie befindet sich im Zustand des freien Falls und ist damit geradezu ideal, um ein Erdenspiel wie Squash an null G anzupassen.

Man darf sich natürlich nicht einbilden, daß JABOL die Zentralachse nur für Squashspieler eingerichtet hat. Sie ist für das Fernauge, unser Observatorium, da. Aber mehr als hundert Angehörige der Büchsenbesatzung waren an dem „Spielplatz" interessiert. Deshalb rissen wir uns den Röhrenabschnitt unter den Nagel und ergatterten die Erlaubnis, ihn in unserer Freizeit auszubauen. Nun gehört er uns. (Juristisch gesehen, sind natürlich irgendwelche Bürokraten in der „Gemeinschaft zum Fortschritt der Wissenschaften" auf der Erde die Kontrollinstanzen. Aber sie sollen nur einmal versuchen, aktiv zu werden.)

Als ich das Ende der Zentralachse erreicht hatte, kochte ich noch immer vor Wut und überlegte nicht, was ich tat. Deshalb hätte ich mir fast die Druckschleusentür auf den Daumen geknallt. Ich zog eine Grimasse und schlüpfte in eine der Personentransferröhren. Das sind die Speichen, welche die Achse mit der Büchse verbinden. Immer noch dachte ich über das Spiel nach, während ich schnell dahintrieb. Ich spürte, wie sich das schwache Ziehen der zentrifugalen „Schwerkraft" verstärkte, als ich mich auf die Randdecks der Büchse zubewegte.

Das erste Deck innerhalb der Büchse ist der Umkleideraum mit Dusche. Ich zog Turnhose und Trikot aus und war froh, daß niemand da war, der mich nach dem Ausgang des Spiels fragte. Im Duschraum, unter den prickelnden Wechselschauern des ionisierten Wassers, faßte ich wieder Mut.

Juri hatte mich schön hereingelegt. Er hatte gerade nur so unehrlich gespielt, daß man ihm nichts nachweisen konnte. Na und? Vielleicht hätte er mich ohnehin besiegt. Jedenfalls ließ sich, so oder so, nichts mehr daran ändern, wie? Also würde ich Juri in

Zukunft aus dem Wege gehen, und damit war die Sache ausgestanden. Klar? Alles klar.

Dachte ich.

Zehn Minuten später trat ich gebürstet und gescheuert aus dem Liftschacht aufs A-Deck, nicht weit vom Monitorsystem. Als der Lift hielt, fühlte ich, wie die Hand eines Riesen auf mir, die volle Kraft eines G; denn das A-Deck ist am weitesten von der Achse entfernt.

Ich bog links ab und ging bergan. Tatsächlich: bergan. Die Decks der Büchse sind vielschichtig wie die Schalen einer Zwiebel. Ich schlenderte mit den Händen in den Taschen dahin, und zwei Meter unter meinen Füßen befand sich die Außenhaut der Büchse. Dahinter lag die Leere des Raums. Ich ging am Rande des A-Decks entlang, so daß sich der Boden vor mir wölbte und schließlich dem Blickfeld entschwand. Er sieht immer so aus, als ginge man bergan. Das stimmt natürlich nicht, denn die „Schwerkraft" – wie ich die Zentrifugalkraft nenne, obwohl Physiker und andere Kenner der Mechanik den Kopf schütteln und mich daran erinnern würden, daß sie eigentlich „zentripetal" ist – bleibt überall auf dem Boden lotrecht. Man fühlt sich nie so, als stiege man bergan, doch es sieht so aus. Und was noch seltsamer ist: hinter einem sieht es auch so aus. Andererseits bleibt der Boden zur Rechten und zur Linken flach. Wenn nicht Trennwände die Sicht blockierten, könnte man bis zum „oberen" und „unteren" Ende der Büchse blicken.

Der gewölbte Gang vor der Monitorabteilung wird von gelben und grünen Wirbeln überspielt, die sich spiralförmig um Türen winden und übers Deck plätschern. All das vermittelt den Eindruck von Tiefe und Vielfalt. Die Gegensätze lassen die Gänge länger erscheinen, und es ist leichter für das menschliche Auge, Dinge zu lokalisieren. Unser Psychologe meint, das sei gut für uns. Wer hat schon Lust, den ganzen Tag eine graue Fertigbautäfelung anzustarren?

Ich schob die Tür zur Seite und trat in die kleine Nische, die zum Monitorraum führt. Aus irgendeinem Grund stand mein Vater dort und wartete.

„Sieh an, Matt! Mr. Tsulamba macht heute Extradienst. Du kommst erst eine Stunde später dran."

Er sagte es klar und ungezwungen; dennoch war eine leichte Spannung in seiner Stimme spürbar.

„In Ordnung", sagte ich. „Dann gehe ich jetzt essen."

„Hast du einen Augenblick Zeit?" fragte er schnell und deutete mit der Hand auf sein Büro.

Ich folgte ihm in den kleinen Raum. Dad wirkt in seinem Büro immer besonders massig, obwohl er nur wenige Zentimeter größer ist als ich. Die Ärzte meinen, daß ich ihn in einigen Jahren wohl überragen werde, da die niedrige Schwerkraft unser Wachstum begünstigt. Dad ist über zwei Meter groß, hat nicht ein Gramm Fett auf den Rippen und sieht so aus, als verdiente er sein Geld durch Bärenringkämpfe.

Er setzte sich; ich klappte einen Sitz aus der Wand und ließ mich darauf nieder.

„Ich wollte mit dir reden, bevor du zum Ganymed abrauschst. In ein oder zwei Tagen ist es ja soweit?" Er runzelte nachdenklich die Stirn.

„Ja. Ich werde doch nur eine Woche weg sein."

„Vorher mußt du aber noch einiges erfahren, und ich glaube, es ist besser, wenn deine Mutter nicht dabei ist." Er grinste mir zu. „Sie nimmt meinen Worten manchmal etwas die Spitze."

„Aha."

Er zupfte an seinen Koteletten. „Ich habe einige Gerüchte aus recht verläßlicher Quelle gehört: Mutmaßungen über die Einschränkung der Labortätigkeit und Sparmaßnahmen. Diesmal ist es ernst, bitter ernst. Irgendwas steckt dahinter. Auf der Erde braut sich etwas zusammen. Ein paar Eingeweihte ahnten das, glaube ich, schon vor Monaten, was auch Rangeleien in den oberen Laborrängen erklären würde." Er starrte ins Leere. „Vor allem die geschickten Manöver eines gewissen Herrn im BioTec . . ."

„Ich kann dir nicht folgen, Dad. Was ist denn los?"

„Also, paß mal auf! In ungefähr sechs Monaten wirst du achtzehn. Du hast dir wohl schon Gedanken darüber gemacht, was das bedeutet."

„Natürlich. Ich darf wählen. Nur gibt es hier draußen niemanden, den man wählen könnte."

Er lächelte dünn und zog dann die Brauen zusammen. „Leider ist das nicht alles. Bevor man achtzehn ist, setzt man sich mit Wissenschaft und Geschichte auseinander, die im Laufe der Jahrhunderte angesammelt wurden, obwohl die Geschichte meist aus einer Reihe bedauerlicher Irrtümer besteht. Mit achtzehn erwirbt man das Recht, eigene Fehler zu machen."

„Sehr schön. Darauf bin ich vorbereitet."

„Tja." Dad zögerte. „Ich frage mich, ob du nicht deinen ersten großen Fehler machst, wenn du hier im Lab bleiben willst."

„Was? Meinst du etwa, ich soll *zurück*?"

„Eine solide Ausbildung am CalTec wird dir auf lange Sicht mehr einbringen als das, was du hier so nebenbei aufschnappen kannst."

„Aber das will ich auf keinen Fall."

„Beruhige dich. Setz dich."

Vor Aufregung war ich aufgesprungen, ohne es gemerkt zu haben. Ich setzte mich wieder.

„Ich möchte dir nur ein paar grundsätzliche Überlegungen nahelegen", sagte Dad sanft. „Was du tust, ist deine Sache – jedenfalls in einem halben Jahr. Bis zum achtzehnten Lebensjahr bist du offiziell noch minderjährig. Das heißt, du gehörst zur Familie und bist Student. Was du danach machst, geht nur dich und die Leitung des Laboratoriums etwas an."

„Stimmt", sagte ich. Meine Unabhängigkeit ist mir viel wert; aber das klang, als wolle Dad mich hinauswerfen.

„Du bleibst natürlich mein Sohn." Er lächelte. „Du weißt, daß du uns immer willkommen bist. Nur möchte ich dir klarmachen, daß es Zeit ist, über deine Zukunft nachzudenken."

„Ich habe darüber nachgedacht. Ich werde hierbleiben", sagte ich und schob die Schultern hoch.

„Nun sei doch nicht so halsstarrig." Sein Gesicht verfinsterte sich. „Hast du dir schon überlegt, für welche Tätigkeit du dich bewerben willst?"

„Ich möchte Wachoffizier im Monitorraum werden."

Dads Lächeln verlor jede Überzeugung. „Deine Mutter würde sich bestimmt sehr freuen, wenn du freiwillig in der Abteilung deines guten alten Vaters weiterarbeiten willst. Aber was willst du wirklich?"

„Na, vielleicht nach draußen. Etwas bei niedriger Schwerkraft."

„Keine schlechte Wahl. Wenn ich dir einen Rat geben darf, nutze auf jeden Fall die nächsten sechs Monate, um deine Qualifikationen zu verbessern. Ich glaube, es wird für euch junges Volk schwierig werden, im Laboratorium zu bleiben."

„Wieso?"

„Das Projekt kann keine Laborbelegschaft brauchen, die weiter wächst. Die Administration auf der Erde hat nur deshalb eingewilligt, vollständige Familien hierher zu schicken, weil sie sozial stabiler sind als Gruppen von Alleinstehenden. Es gab eine Menge Argumente – auch gute – gegen den Plan, achtjährige Kinder wie dich zum Jupiter zu fliegen."

„Ich habe mir immer alle Mühe gegeben!" entgegnete ich empört.

„Stimmt. Aber einige von euch müssen zurück, wenn sie volljährig sind, oder die Büchse platzt in einigen Jahren aus den Nähten. Vergiß nicht, die Aufwendungen für die Raumforschung fließen nur noch spärlich. Kommandeur Aarons sucht nach Wegen, unsere Kosten zu verringern."

„Aber es bleiben doch auch welche hier?"

„Sicher. Ich möchte dir nur verständlich machen, daß du vielleicht nicht darunter bist."

Das beunruhigte mich. Dad sagt immer, daß man mit Sorgen nur seine Energie verschwendet. Es sah ihm nicht ähnlich, blinden Alarm zu schlagen. Ich schaute ihn verstohlen an. Er starrte geistesabwesend auf den großen Bildschirm an der Bürowand. Darauf waren, je nach Wichtigkeit in blauer oder orangefarbener Kodierung, die Schlepper, Pendelfähren und der allgemeine Verkehr um das Labor herum abgebildet.

„Willst du darauf hinaus, daß ich nicht absolut unentbehrlich für das Labor bin?"

„Mehr oder weniger."

„Viele in meinem Alter sind nicht dumm. Vielleicht sollte ich einen Zahn zulegen", sagte ich langsam.

Dad straffte sich und sah mich an. „Die Konkurrenz wird sich nicht so leicht geschlagen geben, und ihr habt alle dasselbe Ziel vor Augen", meinte er ernst.

„Sehr schön", sagte ich grimmig. „Ich werde Kommandeur Aarons beweisen, was ich kann. Aber was ist mit den Gerüchten, die du erwähnt hast?"

„Denk jetzt nicht darüber nach. Vielleicht kann ich dir später mehr erzählen. Jetzt geh erst mal essen."

„Okay", sagte ich widerstrebend.

Dad erhob sich und gab mir eine dicke Broschüre. „Lies dir das durch, wenn du Zeit hast."

Ich blickte auf das Titelbild. Zwei Burschen unterhielten sich mit ernsten Gesichtern unter einer Palme. Es war eine Hochschulordnung des CalTec. Und das machte mir mehr zu schaffen als alles, was er gesagt hatte.

2

Die Klapptische im Aufenthaltsraum waren fast alle besetzt, aber ich entdeckte Jenny Fleming und Zak Palonski an einem großen Tisch in der Ecke.

„Darf ich an der Konferenz teilnehmen?“ fragte ich. Jenny lächelte und rückte zur Seite, um mir Platz zu machen. Dabei zupfte sie den Kragen ihrer orangefarbenen Bluse gerade und spielte mit ihren Zöpfen. Ja, sie hat Zöpfe – das wäre ganz schön altmodisch unten auf der Erde. Damit wirkt sie jünger, als sie ist; dabei weiß doch jeder, daß ein erwachsenes, undurchschaubares Äußeres mehr Eindruck macht. Aber Zöpfe sind praktisch, wenn das Haar im Helm eines Raumanzuges an seinem Platz bleiben soll.

„Mann, du siehst ja mitgenommen aus, Matt“, sagte Zak. „Hoffentlich hast du Juri in die Pfanne gehauen?“ Zak hat wirres rotes Haar und ist etwas rundlich. Er war gerade dabei, einen Teller voll Gulasch zu verputzen.

„‚Die Besiegten haben keine Zunge‘, mein Sohn“, antwortete ich. Es war eine Zeile aus einem seiner Gedichte.

„Dann muß ich also gegen Juri um die Meisterschaft spielen?“ sagte eine Stimme hinter mir. Ich hatte nicht bemerkt, daß Ishi Moto ebenfalls in der Schlange am Büfett gewesen war. Er war gerade rechtzeitig an den Tisch gekommen, um die Neuigkeit zu hören.

„Genau. Paß auf –“ Dann unterbrach ich mich. Ich wollte es ihm später unter vier Augen sagen. „– seinen verrissenen Schlag auf. Er ist gemein. Unser letztes Spiel endete mit dem atemberaubend knappen Ergebnis von einundzwanzig zu dreizehn.“

„Ich werde mich vorbereiten“, sagte Ishi auf eine Art, die vieles offenließ. Ishi ist immer beherrscht, und es ist schwierig, sein höflich erwartungsvolles Aussehen zu durchschauen. Man hat das Gefühl, daß er sich zurücklehnt, den Zirkus um sich herum ohne Eile, leicht amüsiert verfolgt und viel Spaß dabei hat.

„Warum hast du mich nicht herausgefordert?“ meinte Jenny fröhlich. „Ich bin ganz aus der Übung.“

„Wieso?" fragte Zak. „Hast du zuviel zu tun?"

„Meine Fähre muß repariert werden", sagte Jenny. „Ich habe sie mit einigen Leuten vom Wartungspersonal überholen müssen."

„Nimmt es deine ganze Zeit in Anspruch?" fragte ich.

„Das ist eine langwierige Geschichte", erklärte Ishi, „und es muß so schnell wie möglich abgewickelt werden. Nur zwei Fähren sind der Satelliteninstandhaltung zugeteilt. Das ist nach den Sicherheitsbestimmungen das Minimum, weil immer eine Reservefähre da sein muß, falls die erste bei einem Flug ausfällt."

„Ist deine noch intakt, Ishi?" erkundigte Zak sich.

„Ja, aber ich bin in letzter Zeit nicht draußen gewesen. Seit Jenny die *Ballerina* in die Werkstatt gebracht hat, haben die Datensatelliten normal funktioniert."

„*Ballerina* also?" fragte ich. „Ich dachte, du hättest sie *Beschwingter Sieg* genannt."

„Nach dem Meteoritenhagel im letzten Monat hätte *Beschädigter Sieg* besser gepaßt", sagte Zak.

Jenny rümpfte die Nase über seine abfällige Bemerkung und wandte sich mir zu. „Mir gefällt *Ballerina* besser, und da ich sie gerade herausputzte –"

„Schön", sagte ich. „Aber vergiß nicht, die Eintragung im Laborlogbuch zu ändern. Sonst kommt in zwanzig Jahren ein kleiner Mann im schwarzen Anzug und verlangt, daß du eine verlorengegangene Umlauffähre herausrückst."

„Soweit reicht mein Verstand noch!" Jenny zog wieder an ihren Zöpfen. Ich wandte mich meinem Sandwich zu und biß hinein. Das Brot war natürlich nicht aus Weizenmehl, sondern aus einer Art Algenkreuzung, die in hydroponischen Behältern bei niedriger Schwerkraft am besten wächst. Nach neun Jahren hatte ich mir fast schon eingeredet, daß ich Algen lieber mochte als Weizen. Fast.

Während ich aß, ließ Zak einen Monolog über ein Gedicht los, das er gerade schrieb. Er benutzte Begriffe, die ich nicht verstand. Zak ist unser Original in Jugendausgabe; er ist klein, rothaarig und redet schneller, als die meisten denken können. Manchmal auch schneller, als er selbst denken kann.

„He, Zak!" sagte ich mit vollem Mund. „Hast du schon mal daran gedacht, diese Gedichte zurück zur Erde zu schicken? Du weißt schon – um dir ein Publikum aufzubauen?"

Er zeigte mit dem Finger auf mich. „Damit verrätst du deine beklagenswerte Unkenntnis der Literaturwissenschaft. Dichtung, mein Lieber, ist nicht profitabel. Es wäre keinen Pfifferling wert, sie zur Erde zu strahlen."

„So kenne ich dich ja gar nicht", meinte Jenny. „Warum schreibst du Gedichte, wenn für dich nichts dabei abfällt?"

Zak schien verletzt. Er war ein so guter Schauspieler, daß er fast überzeugend gewesen wäre. „Mademoiselle", erklärte er, „unter diesem einfachen Arbeitshemd schlägt das Herz eines Künstlers."

„Das Herz ist links", sagte Ishi.

„Oh. Ja. Jenny, du verleumdest –"

„Erspar uns deine Gefühlsduseleien", unterbrach ich. „Übrigens, Ishi, liegt das Herz in der Mitte des Brustkastens. Es hört sich nur so an, als wenn es links schlägt."

Jenny lehnte sich über den Tisch – was einfach genug war, wenn man bedenkt, wie klein alles im Aufenthaltsraum ist – und blickte Zak in die Augen. „Okay, Zak, ich nehme dir die Behauptung ab, daß du auch edle Motive hast, trotz gegenteiliger Beweise. Aber ich habe dich in ein Notizbuch kritzeln sehen, und irgendwie willst du doch bestimmt Geld machen. Raus mit der Sprache."

„Du meinst wohl: mein Tagebuch", sagte Zak.

„Tagebuch?" Selbst Ishi war überrascht.

„Klar. Ich habe eins geführt, seit ich vor sieben Jahren hierherkam." Zak schaute uns drei verblüfft an. „Wollt ihr etwa behaupten, daß ihr keine Tagebücher habt?"

Wir schüttelten den Kopf. „Was soll das?" fragte Jenny.

„Ihr seid also unberührt vom Profitstreben?" sagte Zak und wiegte den Kopf. „Ich hoffe, daß sich jemand um euch kümmert, wenn ihr wieder auf der Erde seid."

„Wieso bringt ein Tagebuch Profit?" meinte Ishi.

„Denkt einmal darüber nach", antwortete Zak, fuhr mit dem Finger geistesabwesend über die Innenseite seines Milkshake-Glases und leckte ihn dann ab. „Wir umkreisen den größten Planeten unseres Sonnensystems, sechshundert Millionen Kilometer von der Erde entfernt. Das Labor ist der entfernteste Außenposten der Menschheit. Glaubt ihr etwa nicht, daß die Leute auf der Erde eine Beschreibung des Lebens hier draußen lesen wollen, geschrieben von –"

„Einem brillanten jungen Dichter?" vollendete Jenny.

Zak lächelte. „Nun, das hast du gesagt. Aber man kann nie wissen, was ein Verlag in seine Werbung schreibt."

Ich trank meinen Kaffee aus. „Sag mal, Zak, hast du dich lange genug von deinem Tagebuch losreißen können, um das Manuskript für deinen Sketch zu schreiben? Die Frist ist bald um."

„Sicher, er ist fast fertig. Ich weiß nur nicht, ob wir alle Rollen besetzen können."

„Könnten wir die Besetzung nicht erweitern?" fragte Jenny.

„Ohne mich", sagte ich. „Ich gebe ein Gitarrensolo."

„Spielverderber", klagte Jenny. „Guck mal, Zak, hier kommt jemand, den du festnageln kannst. Juri."

Ich drehte mich um. Juri Sagdaeff setzte sich neben mich.

„Was soll das alles?" meinte er.

„Führst du im nächsten Laienprogramm etwas vor?" fragte Jenny ihn.

„Nein, und ich verzichte gern."

„Ich habe eine Rolle in meinem Stück, die für dich wie gemacht ist, Juri", warf Zak ein.

„Wie ich sagte, ich verzichte. Ich habe keine Zeit." Juri nahm sein Essen vom Tablett und blickte mich an. „Du hast auch keine Zeit, Bowles – nicht, wenn du jemals besser Squash spielen willst."

„Ich werde mich schon durchschlagen", erwiderte ich.

„Du scheinst dich plötzlich sehr für Squash zu interessieren", sagte Ishi. Sein Gesicht war ein Muster orientalischer Undurchschaubarkeit.

„Stimmt", entgegnete Juri und schob sich ein paar Erbsen in den Mund. „Bis jetzt bin ich nur nicht dazu gekommen."

„Vor zwei Monaten hast du noch viel Schach gespielt, nicht wahr, Juri?" erkundigte sich Jenny.

„Ja."

„Das wußte ich nicht", sagte Zak. „Ich habe in letzter Zeit wenig Übung. Hast du Lust zu einem Spiel, Juri?"

„Nein, ich spiele nicht mehr Schach."

„Was, jetzt nicht mehr?" wunderte sich Jenny.

„Du bist ein Mann mit wechselnden Interessen", sagte Ishi.

„Komm schon, Juri, du brauchst keine Angst zu haben, daß du gegen mich verlierst", erklärte Zak.

„Darum geht's nicht. Ich habe einfach keine Lust mehr."

„Aha", sagte Jenny. „Bist du aus der Falle rausgekommen, die Mr. Jablons dir gestellt hatte?"

Juri lächelte amüsiert. „Natürlich, und ich habe ihn mit den nächsten drei Zügen matt gesetzt. Dadurch habe ich die Labormeisterschaft gewonnen."

„Sehr vernünftig, Juri", meinte Zak. „Es ist am besten, auf dem Höhepunkt zurückzutreten."

„Du täuschst dich." Juri winkte ab. „Es hat mich bloß gelangweilt, immer das gleiche zu tun. Außerdem habe ich viel Arbeit. Ich kann ja nicht alles machen."

„Deine Gruppe schickt noch mehr Sonden aus?" fragte Ishi.

Juri nickte ernst. Er war offensichtlich froh, daß sich die Aufmerksamkeit nicht mehr auf ihn selbst richtete. „Wir versuchen, soviel neue Daten wie möglich zu bekommen, um sie mit der *Argosy* zurückzuschicken."

Darauf konzentrierte sich die Arbeit von uns allen: die Ankunft der *Argosy*, der riesigen Ionenrakete mit Atomantrieb, die außer den Laserstrahlen unsere einzige Verbindung mit der Erde darstellte. Interplanetare Reisen sind ungeheuer kostspielig. Es kostet ein Vermögen, ein Kilo Nutzlast von der Erde zum Jupiter zu befördern und das von der Sonne verursachte „Gravitationsloch" zu überwinden.

Außerdem dauert es sieben Monate. Das Schwesterschiff der *Argosy*, die *Rambler*, folgt dreizehn Monate später, wenn die Konjunktion von Erde und Jupiter wieder am günstigsten ist; was heißt, daß wir alle dreizehn Monate einmal Besuch bekommen. Mit mehr Besuchen können wir nicht rechnen, denn die IWA – die Internationale Weltraumadministration – ist knauserig.

„Überschätzt die Gruppe für Atmosphärische Studien damit nicht ihre Möglichkeiten?" fragte Jenny.

„Etwas", gab Juri zu. „Die Serie, die wir vorhaben, wird fast alle unsere Reserven an flüssigem Sauerstoff verbrauchen."

„Das ist nicht gerade clever", sagte Zak.

„Es ist auch nicht gerade clever, wenn man keine Ergebnisse vorweisen kann", antwortete Juri.

„Und was ist, wenn ein Notfall eintritt?" wollte Jenny wissen. „Dann habt ihr keinen hochgradigen chemischen Treibstoff mehr."

„Moment mal", warf ich ein. „Da komm' ich nicht mit."

„Juri redet von den Hilfsantrieben an den Ionenraketen, die unsere Sonden in die Atmosphäre des Jupiter bringen", erklärte Zak. „Man braucht die Hilfsantriebe, wenn die Tiefengeräte dort unten in den Wolken mit dem Wind kämpfen."

Jenny verzog die Lippen. „Ich bezweifle immer noch, daß es klug ist, den flüssigen Sauerstoff zu verbrauchen."

„Wer hat das befürwortet?" fragte Ishi höflich.

„Mein Vater hat sich dafür eingesetzt, und Aarons war einverstanden", sagte Juri. „Nicht, daß Aarons es verhindern könnte. Mein Vater hat heutzutage sehr viel Einfluß."

Ich wollte ihn schon fragen, was er damit meinte, aber dann fiel mir etwas Besseres ein. „Das kommt mir tollkühn vor", sagte ich mit absichtlich sanfter Stimme, „besonders da diese Geräte auch nach jahrelanger Arbeit noch keinen Lebensfunken entdeckt haben."

Juri verzog das Gesicht. „Hör zu, Jungchen, erst wenn Atmosphärische Studien eine Ladung weit in die Regenwolken unter den Ammoniakschichten bringen, macht sich das ganze Unternehmen hier bezahlt. *Wir* sind für dieses Labor von Nutzen. Was wir benötigen, hat Vorrang."

„So, so." Meine Schläfen pochten. „Ich wußte gar nicht, daß ich mit einer Majestät speise."

„Juri –", begann Jenny in versöhnlichem Ton.

„Mach dir nichts draus, Jenny", sagte ich und stand auf. „Ich kann mir jederzeit interessanteren Blödsinn anhören. Ishi, kommst du mit?"

Ishi zögerte für einen Moment und nickte dann. „Ja, ich muß auch weg."

„Also los", sagte ich, und wir verließen den Aufenthaltsraum.

Wir nahmen eine Fallröhre, die vom J-Deck zum A-Deck führte. Es war schwierig zu sprechen, während wir uns an den Fließbandschlaufen festhielten, deshalb überlegte ich mir, wie meine Stichelei gegenüber Juri wirklich hätte ins Ziel treffen können.

Auf dem D-Deck stiegen wir aus und benutzten eine Abkürzung, die mir bekannt war. Ich hatte ein paar Jahre zuvor dabei geholfen, diesen Abschnitt aus den zurückgelassenen Treibstoffkanistern der *Argosy* zusammenzusetzen. Wir jungen Leute werden oft zur Arbeit bei niedriger Schwerkraft herangezogen, weil wir bessere Reflexe zu haben scheinen. Was hätten wir auch sonst tun sollen – ohne einen in Gold gehämmerten Doktortitel?

„Du scheinst etwas nervös, Matt", unterbrach Ishi meine Gedanken. „Gibt es einen bestimmten Grund, weshalb ich mit dir kommen sollte?"

Ich erzählte ihm also von Juris Squashtaktik. Ishi wußte schon die Hälfte von dem, was ich ihm mitteilte; ihm entgeht kaum etwas, so unauffällig es auch sein mag. Als ich fertig war, nickte Ishi und sagte gelassen, daß er sich um Juri kümmern werde, wenn es soweit sei. Ich lachte innerlich voll Freude über das Verhängnis, das Juri drohte. Ishi würde sich etwas Gerissenes ausdenken, aber dabei völlig fair bleiben und auf keinen Fall gegen die Regeln verstoßen. Ich würde jede Sekunde davon genießen.

Dann meinte Ishi: „Du scheinst beunruhigter zu sein, als ich erwartet hatte. Machst du dir sonst noch wegen Juri Sorgen?"

Eine Idee flackerte auf, aber ich unterdrückte sie. „Er ist ein Widerling. Das ist alles."

„Du reagiertest, als bedrohe er dich."

„Er – er versucht, mich einzuschüchtern, den großen Mann zu spielen."

„Juri ist nun mal der Typ. Davon gibt es viele auf der Welt."

„Nicht auf dieser Welt, nicht in der Büchse", erwiderte ich heftig. „Er ist ein Typ, auf den ich verzichten kann. Ich weiß aus sicherer Quelle, daß er wartete, bis Mr. Jablons im Niedrigtemperaturlabor überlastet war. Dann forderte Juri ihn zum Endspiel um die Schachmeisterschaft heraus."

„Mr. Jablons hatte also nicht genug Zeit, um zwischen den Partien über das Spiel nachzudenken? Hmm."

Ich war froh, daß Ishi nicht mehr mir, sondern Juri Aufmerksamkeit schenkte. Da die Monitorabteilung in der Nähe war, murmelte ich einen Gruß und drückte mich in einen der Seitengänge.

Unterwegs blätterte ich die Broschüre des CalTec durch, ûm etwas zu tun zu haben. Darin waren viele Drei-Ds, die schäumende weiße Brandung, zerklüftete graue Berge und orangefarbene Baumgruppen zeigten. Es gab einiges, was sie nicht zeigten: das Gedränge der Menschen, die Verschmutzung und die Bandenkämpfe auf den Straßen. Sie erwähnten nicht, daß dort unten das Recht des Stärkeren herrscht, daß es ein Zoo ist, in dem alle Tiere ihre Käfige verlassen haben.

Ich betrat eine kleine Nische gleich hinter dem Eingang zur Monitorabteilung. Da niemand da war, dämpfte ich die Beleuchtung und ging durch eine Seitentür in den Hauptstationsraum. Natürlich nennt ihn niemand so; er wird gewöhnlich als die Höhle bezeichnet. Der Name paßt gut, denn es ist dort vollkommen dunkel.

Ich blieb einen Augenblick lang stehen, damit sich meine Augen an die Finsternis gewöhnen konnten, und wagte nicht, mich zu rühren. Nach einer Weile erkannte ich die trüben roten Lampen, die gleichmäßig zwischen den Zellen verteilt waren. Meine war die fünfte; ich schlurfte langsam darauf zu und nahm mich in acht, nicht anzustoßen. Die Höhle ist nicht sehr groß – nicht größer als ein normales Zimmer –, aber sie ist mit Geräten vollgestopft.

Ich hörte jemanden hinter der Ecke des Ganges flüstern. Das bedeutete, daß, wie erforderlich, wenigstens ein Mann im Dienst war. Die Stimme leierte nur vor sich hin und gab einige Ziffern an die Brücke durch. Es lag also nichts Dringendes vor.

Nachdem ich mich in meine Zelle gezwängt hatte, schoben sich meine Hände automatisch in die Bedienungsschlitze. Ich programmierte mich ein und gab zur Übung einige Kommandos: einen Blick auf Europa, den zweiten Mond des Jupiter, an Backbord voraus (rötlich, zum größten Teil überschattet); die Dockanlage, von zwei verschiedenen Kameras aufgenommen, in der drei Männer einen Reservetank an seinen Platz manövrierten; ein Bild in den freien Raum, mit dem orangefarbenen Rand des Jupiter in einer Ecke. Ich schaltete zum Radar über.

Dann machte ich mich an die Arbeit. Ich saß in meiner abgetrennten Zelle, mein Blickfeld war völlig von einem trüben grünen Schirm ausgefüllt. Er erinnerte sehr stark an einen altmodischen Radarschirm, mit einem entscheidenden Unterschied: Die Leuchtflecke von aufgespürten Objekten werden dreidimensional abgebildet, da es sich um eine holographische Projektion handelt. In der Mitte konzentrierten sich die Flecke der Büchse selbst und der in der Nähe abgestellten Raumschiffe. Weiter entfernt war eine Acht aus winzigen Punkten, die ständig hin- und herglitten, sich bewegten und veränderten.

Mit jeder Sekunde wechselte das Muster. Jupiter ist ein gewaltiger, massiger Planet, der von einem Schwarm von Gerümpel umkreist wird. Der Asteroidengürtel des Sonnensystems verläuft zwischen Mars und Jupiter, und Jupiter hat eine Art Gürtel um sich herum. Im Vergleich dazu besitzt die Erde nur den Mond und ein paar lächerliche Felsbrocken – das ist alles. Jupiter hat dreizehn Monde, von denen drei größer sind als Luna, und wird von einer Menge Krimskrams umgeben, die noch für ein halbes Dutzend weitere ausreichen würden. Der größte Teil davon wurde erst entdeckt, als die erste Expedition hier ankam. Seitdem ist er ständiger Unruheherd.

Ich drückte auf einige Knöpfe und stellte dem ballistischen Computer einige codierte Fragen. Die Maschine wischte ein kleines Rechteck auf meinem Schirm frei und druckte ihre Antworten:

DROHENDE ZUSAMMENSTÖSSE NICHT VERZEICHNET.

UNBEKANNTES OBJEKT ERSCHIEN 13.45 UHR. NACH VORLÄUFIGER BERECHNUNG KEINE GEFAHR!

SIE SIND ZWEITER WACHOFFIZIER.

Ich entspannte mich. Bei dieser Wache würde es nicht viel zu tun geben. Die Fels- und Eisbrocken, die um den Jupiter herumwirbeln, sind gefährlich. Sie können in einer Hundertstelsekunde durch die Büchse jagen, einem Stockwerk den Druck nehmen und mehrere Menschen umbringen. Aber keiner von beachtlicher Größe hatte auf uns Kurs genommen.

Immerhin überprüfte ich das unbekannte Objekt, das um 13.45 aufgetaucht war. Seine Bahn erwies sich als Ellipse, die den Nordpol des Jupiter kreuzte. Das Interessante daran war, daß sein Kurs es mit den oberen Bereichen der Jupiteratmosphäre in Berührung brachte; es war so nahe, daß es nach einigen Umläufen eintauchen und durch die Reibung verbrennen würde. Das war ungewöhnlich. Der größte Teil des Asteroidengürtels umkreist den Jupiter ekliptisch, über dem Äquator des Planeten. Es handelte sich um einen respektablen Brocken, der, wie das Radar zeigte, größer war als unsere Büchse.

Jedenfalls bedeutete er keine Gefahr für uns. Möglicherweise war er erst einige Tage zuvor aus dem interstellaren Raum gekommen. Vielleicht war es auch ein exzentrisches Stück des Asteroidengürtels. Der Computer würde die Information speichern, und später würde sie ein Forscher unten auf der Erde bei seinem Studium des Sonnensystems auswerten. Das war einer der Gründe, weshalb wir – das Jupiterprojekt – überhaupt hier draußen waren.

Der Computer erinnerte mich: ALLGEMEINE KONTROLLE.

Meine Gedanken über den verirrten Felsbrocken hatten mich

bummeln lassen. Ich drückte auf einen Knopf, und der Schirm war leer. Nach einem weiteren Knopfdruck blickte ich auf eine Gruppe konzentrischer roter Kreise. Der Zirkel in der Mitte war gelb schattiert; er stellte Jupiter dar. Jeder weitere Ring bezeichnete einen Beobachtungssatelliten. Die meisten von ihnen kreisten in der Nähe der Jupiteratmosphäre, direkt über den Ammoniakwolken. (Es ist das gleiche Ammoniak wie in den Scheuermitteln im Haushalt, allerdings ist es auf dem Jupiter zu kleinen Kristallen gefroren.)

Ich ging die einzelnen Punkte durch und tippte über jeden Satelliten Fragen an den Computer. Einige luden ihre Batterien gerade mit Sonnenlicht auf und übermittelten technische Daten. Andere sonderten die überschüssige Ladung ab, die sie aus den Partikeln in den Strahlungsgürteln des Jupiter aufgenommen hatten, und arbeiteten deshalb nicht mit voller Kraft. Ich mußte all das überprüfen und mich davon überzeugen, daß jeder Satellit „normal" funktionierte.

Es war eine routinemäßige, aber notwendige Arbeit. Wir erhalten ständig eine Menge wichtiger Informationen von den Satelliten. Nur so erfahren wir, was in der Nähe des Jupiter geschieht. Die Büchse selbst ist eine Million Kilometer vom Jupiter entfernt, aber einige Satelliten dringen fast bis zu den Ammoniakwolken vor.

Diesmal machte ich den Schirm sofort wieder frei. Wenn einer der Satelliten eine Funktionsschwäche gezeigt hätte, hätte ich das Problem sofort sorgfältig bestimmen und dann an Jenny oder Ishi weiterleiten müssen. Ein defekter Satellit erhält sofort einen „Hausbesuch" vom diensttuenden „Arzt" und wird aus dem Flug heraus im freien Raum in Ordnung gebracht.

Ich tippte geistesabwesend auf die Pulttasten. Sicher, die Aufgabe in der Monitorabteilung gefiel mir, aber sie brachte mich nicht gerade aus dem Häuschen vor Begeisterung. Kommandeur Aarons hatte dreißig junge Leute in der Büchse zur Verfügung; deshalb war es zum elften Gebot für uns geworden, daß wir einsprangen, wo man uns brauchte. Persönliche Wünsche hatten daher keine Rolle gespielt, als ich von draußen, von der Reparaturmannschaft, in die Monitorabteilung versetzt wurde.

Aber ich wollte lieber *arbeiten*, zum Teufel, meine Hände benutzen. Ich konnte mit Fähren und Rennern und einsitzigen Düsenmaschinen umgehen – doch nun saß ich hier wie ein Büroangestellter. Ich warf einen Blick zum Cal-Tec-Katalog hinüber. Drinnen, draußen, zur Erde – was würde aus mir werden?

3

Die Röhrenbeleuchtung war gedämpft, als ich nach Hause ging. Wie ich wußte, wurde auch der Luftdruck gesenkt, obwohl die Veränderung so geringfügig war, daß ich sie nicht wahrnehmen konnte. Die Büchse ist mehr als ein Gebilde aus Metallwänden und Sauerstofflaschen. Sie muß pulsieren wie eine natürliche Umgebung, um das menschliche Bedürfnis nach einem Rhythmus zu befriedigen. Sie besitzt gegenüber der Erde auch einige eindeutige Vorteile, wie den Schlafsaal mit niedriger Schwerkraft, wo man nach vier Stunden Schlaf so ausgeruht ist wie sonst nur nach einer ganzen Nacht. So wie ich mich fühlte, würde ich heute nacht vielleicht den Saal benutzen.

Als ich die Tür zur Seite schob, saß mein Vater in seinem Lieblingsstuhl und las ein Bildfunkblatt. Bratengeruch lag in der Luft. Alle Sorgen schienen plötzlich weit entfernt.

„Was gibt's?" rief ich.

„Salat, Artischocken, Kalbfleisch und Pudding", sagte meine Mutter ruhig. Sie war aus der kleinen Küche gekommen und wischte sich die Hände an der Schürze ab. „Und sei bitte nicht so laut, wenn du zu Hause bist."

„Er hat nur etwas Dampf abgelassen", erklärte Dad. „Heute mußte er sich nämlich einen meiner Vorträge anhören."

„Oh!" machte Mom, die sofort beunruhigt wirkte. „Über –?"

„Ja", antwortete Dad. Anscheinend hatten sie sich über meine Zukunft unterhalten, bevor sie das Thema mit mir besprachen.

„Ach, ihr braucht nicht so mißmutig zu sein", sagte Mom. „Ihr seht drein, als würde Matt morgen auf die Erde zurückbefördert."

„Ich fliege in zwei Tagen zum Ganymed." Ich versuchte das Thema zu wechseln.

„Du wirst uns fehlen", erwiderte Mom. „Ich verstehe nicht, warum wir unsere Erholungsreisen nicht zusammen machen."

„Leyetta", meinte Dad, „ein fast erwachsener Junge will doch nicht, daß ihm seine Eltern dauernd nachlaufen. Es ist schon schlimm genug, wie wir hier zusammengepfercht sind."

„Hmm", machte sie wenig überzeugt und ging zurück in die Küche. „Das Essen ist fast fertig."

Inzwischen verstaute ich meine Schularbeiten, räumte mein Zimmer auf und wusch mir die Hände. Eines der Probleme in der Büchse ist, daß man auf so engem Raume leben muß. Mein Schlafzimmer ist ungefähr so groß wie ein normaler Schrank auf der Erde. Ich muß es immer in Ordnung halten und alles in die Wandschubladen stecken, sonst ist es nicht auszuhalten. Man hat uns angeblich alle getestet, ob wir auch ordnungsliebend sind, ehe wir für das Jupiterprojekt qualifiziert waren. Ich verstehe nur nicht, wie man darauf kam, daß ich mit acht Jahren diesen Anforderungen genügte.

Das Essen war wie gewöhnlich gut. Dad teilte wie immer die Portionen aus. Während der Unterhaltung über die Geschehnisse im Labor hörte ich kaum zu, bis Mom sagte: „Ich habe heute ein interessantes Gerücht gehört, Paul. Die *Argosy* fliegt doch in ein oder zwei Wochen ab?"

„Ja, natürlich. Dann ist die Konjunktion für den Flug von der Erde zum Jupiter am besten."

„Nun, eine der Frauen, die mit mir in der Hydroponischen Abteilung arbeitet, will erfahren haben, daß die Erde vor ein paar Monaten die Personalliste angefordert hat."

„Aber darüber müssen sie doch schon seit langem Bescheid wissen", entgegnete Dad.

„Nein, sie verlangen eine neue Beurteilung von jedem im Laboratorium. Und das ist noch nicht alles. Sie wollen wissen, ob bestimmte Arbeiten liegen bleiben, weil wir nicht genug Zeit haben."

„Denkt die IWA, daß wir unterbesetzt sind?" fragte ich.

„Ich glaube nicht, daß man dort irgend etwas ‚denkt'", meinte Dad. „Sie ist zu groß und wie ein Dinosaurier nur darum bemüht, am Leben zu bleiben. Die höheren Funktionen sind anderen überlassen."

„Oh, Paul." Mom blickte ihn mit einem belustigten Lächeln an.

„Naja, vielleicht übertreibe ich. Die IWA bekommt ihre Anweisungen von der Assoziation für die Förderung der Wissenschaft. Irgendwo in diesem Ameisenhaufen entscheiden ein paar Leute, was zu geschehen hat und was nicht."

„Mom, meinst du, daß die IWA unsere Belegschaft vergrößern wird?"

„Das weiß ich nicht. Aber das Gerücht scheint dahin zu gehen."

„Vor ein paar Stunden hat Dad mich noch davor gewarnt, daß die IWA viele von uns zurückbefördern könnte, wenn wir achtzehn sind."

„Ich gebe zu, daß das nicht ganz zusammenpaßt."

„Das läßt sich auf verschiedene Art deuten", meinte Dad. „Wenn die IWA euch wirklich zurückschickt, Matt, muß sie euch ersetzen. Jemand muß die Arbeit ja machen. Ich mache dir einen Vorschlag, mein Junge. Verschwende nicht deine Zeit damit, ein Gerücht gegen das andere auszuspielen. Jeder im Labor weiß, daß sich eine Verwaltungsschlacht in der IWA abspielt und es Änderungen geben kann. In unserer Atmosphäre entstehen Gerüchte schneller, als deine Mutter dieses Kalbfleisch in ihren Tanks züchtet."

„Dad", sagte ich nach einer Pause, „warum passiert das alles? Warum macht die IWA mit einemmal Schwierigkeiten, nachdem das Labor schon neun Jahre hier draußen ist?"

Mein Vater machte ein Zelt mit den Fingern und lehnte sich über den roten Tisch. „Wie bei den meisten menschlichen Problemen geht es darum, daß zu vieles gleichzeitig geschieht. Auf der Erde werden die Rohstoffe knapp. Die Energiequellen wie Kohle, Öl und Erdgas sind fast ausgebeutet. Das ist einerseits nicht so tragisch, denn wir können nun alle Energie, die wir brauchen, durch thermonukleare Fusion bekommen. Fusionsreaktoren treiben die *Argosy* und die *Rambler* und das elektrische Licht an." Er zeigte auf die Deckenbeleuchtung. „Aber was sollen die Fabriken als Schmiermittel benutzen, wenn es kein Öl mehr gibt? Wo sind die Eisenlager? Sie sind erschöpft."

„Wir schürfen doch in den Asteroiden", wandte ich ein.

„Schließlich leben wir nicht mehr im Jahre 1990, während des Zusammenbruchs, oder –"

„Sicher, das ist ein Fortschritt. Sonst müßte man auf der Erde drastische Sparmaßnahmen einführen und auf vieles verzichten."

„Ist es wirklich so schlimm?" fragte Mom.

„Leider ja. Wir sind hier isoliert. Jeder Vorposten der Menschheit neigt dazu, alle Nachrichten von zu Hause nach einiger Zeit als ziemlich unwirklich zu betrachten. Ich habe die Informationen ziemlich genau verfolgt, die uns von der Erde geschickt werden, und mir scheint, daß es ziemlich kritisch aussieht. Der Kanadische Krieg war auch nicht gerade von Nutzen."

Mom zupfte an ihrem roten Haar. Vermutlich hatte Dad auch ihr gegenüber von alldem vorher nichts erwähnt.

„Hör zu, Dad", sagte ich. „Die Asteroidenbergwerke finanzieren das Raumprogramm. Warum sollten sich die Haushaltsprobleme der IWA auf uns auswirken?"

Dad lächelte mühsam. „Wir wußten, daß dieses Labor der arme Verwandte des Asteroidenprogramms sein würde, als wir uns für das Jupiterprojekt anwerben ließen – stimmt's, Leyetta?" Mom nickte. „Ich glaube, daß sich die Lage jetzt verschlechtert hat. Die IWA weiß sehr gut, daß sie Metalle und seltene Mineralien aus den Asteroiden fördern kann. Aber was kann sie aus uns herausholen?"

„Was, wieso – eine Menge!" brauste ich auf. „Wir erforschen Jupiter, den größten Planeten des Sonnensystems."

„Du verdienst wirklich einen Silberdollar, Matt, aus Asteroidensilber natürlich."

„Lohnt es sich etwa nicht, für wissenschaftliche Forschung zu bezahlen?" fragte ich.

„Matt, mein Lieber", sagte Mom, „ich glaube, daß du die Bedeutung der Langeweile in der menschlichen Geschichte unterschätzt." Damit stand sie auf und begann, den Tisch abzuräumen. Ich half ihr wie üblich und balancierte eine Untertasse auf einem Glas und einem Teller.

„Deine Mutter spricht wie das delphische Orakel. Aber sie hat wie immer recht. All die intelligenten Bürger auf der Erde bezahlen nicht für größeres Wissen. Sie wollen Romantik und Abenteuer – aber natürlich durch Stellvertreter."

„Abenteuer?" Ich stellte das Geschirr in den elektrostatischen Reiniger. „Hier draußen?"

„Abenteuer bedeutet, daß jemand anders weit weg etwas Gefährliches tut", erläuterte Mom. „Das Jupiterprojekt kommt also in jeder Hinsicht in Frage."

„Ach, es ist nicht so gefährlich."

„Nein?" fragte Dad. Er hatte ein Kartenspiel und das Cribbagebrett hervorgeholt und bereitete alles für unsere gewohnte Partie zu dritt vor. „Wir sitzen hier, werden von der Strahlung des Van-Allen-Gürtels bombardiert, in absoluter Kälte, von einem Vakuum umgeben, weit von der Sonne entfernt; helfen kann man uns in frühestens sieben Monaten, und wir haben nicht einmal einen Planeten unter den Füßen."

„Gefährlich ist es auch, wenn man eine Straße überquert . . ."

„Von einem Vorortbus überfahren zu werden, ist nichts Besonderes, Matt", sagte Mom. „Da ist ein Meteorit etwas ganz anderes."

Dad nickte. „Unser Problem ist, daß wir immer vorsichtig gewesen sind und nie etwas Aufregendes passiert. Damit ist das Abenteuer ausgeklammert; bleibt nur noch die Romantik."

„Romantik . . ." Ich dachte nach. „Ihr meint die Suche nach fremden Lebensformen."

Mom räumte die Küche auf und machte eine Liste von Lebensmitteln, die sie morgen anfordern wollte. Da es wenig Platz für Vorräte gibt, muß sie jeden Tag von neuem planen. Sie schaltete die Stereoanlage an, so daß sich leichte, sanfte Musik ins Zimmer ergoß und die leisen Geräusche aus den anderen Wohnungen überdeckte. Sie schaute mich an. „Dein Vater ist etwas pessimistisch, was den Menschen als politisches Wesen angeht. Aber ich stimme ihm zu, daß der Normalbürger auf der Erde nur daran interessiert ist, ob wir Leben auf dem Jupiter entdecken, und nicht daran, welchen Wert das Laboratorium für die Wissenschaft sonst noch hat."

„Die Schwierigkeit ist nur – der Himmel sei uns gnädig –, daß das Labor noch kein Leben gefunden hat", sagte Dad. „Ich vermute, daß die Steuerzahler und die IWA das Warten langsam satt haben."

Ich kratzte noch einige Reste aus den Schüsseln und warf sie in die Abfallröhre. Dreißig Sekunden später würden sie einen neuen Kreislauf als umgearbeiteter Dünger in der Hydroponischen Abteilung beginnen.

„Was mir bei dieser ganzen verflixten Angelegenheit am meisten Sorgen macht", fuhr Dad fort, „ist, daß einige Leute im Labor schon seit Monaten über die Zweifel der IWA Bescheid gewußt haben. Ein paar Abteilungsleiter haben sich auf dem laufenden gehalten und versucht, diese Information für ihre Karriere auszunutzen –"

Er unterbrach sich jäh. Es ist einer von Dads Grundsätzen, nie über das Gerangel im Labor zu sprechen. Klatsch ist für ihn ein Zeichen dafür, daß man kein besseres Gesprächsthema mehr hat. Ich erinnere mich an seine Bemerkung, daß es nicht schlimm sei, wenn man nichts zu sagen hat – man soll es nur nicht so laut sagen.

Dad hatte angefangen, eine seiner eigenen Regeln zu verletzen. Das bedeutete, daß er besorgter war, als ich angenommen hatte.

Mom legte einen Arm um mich und sagte: „Hört jetzt auf, ihr beide. Das genügt. Politik stört beim Denken."

„Eben", stimmte Dad energisch zu. „Wie steht's jetzt mit etwas Cribbage? Es schärft den Geist und erleichtert die Seele. Wenn ich mich nicht täusche, bist du drei Spiele im Rückstand, Matt. Leyetta, du teilst aus."

Den nächsten Morgen verbrachte ich damit, bei Mr. Jablons – dem Mann, der das Schachspiel gegen Juri verloren hatte – in seinem unterkühlten Laboratorium Elektronik zu lernen. Ein großer Teil unseres Unterrichts findet zwangsweise nur zu zweit statt.

Ich zum Beispiel interessierte mich für Elektronik. Als ich zwölf Jahre alt war, brachte ich mehr als ein Jahr damit zu, elektronische Spürgeräte für unsere Satelliten zu bauen. Kinder sind gut für pusselige Handarbeiten geeignet, wenn man sie dazu bringen kann, lange genug stillzusitzen. Meine Spezialität war ein kleines Wunder, das Faraday-Käfig*) genannt wird; es mißt die Gesamtzahl geladener Partikel, die auf einen Satelliten treffen, und muß ganz exakt montiert sein, sonst ist es nutzlos.

Aber wie viele Kinder haben schließlich Interesse an Faraday-Käfigen? Während ich sie studierte, manövrierte Jenny Renner und beschäftigte Zak sich mit Computern. Ich war der einzige in meiner Klasse.

Und so gefällt es mir. Große Klassenräume, vollgestopft mit dreißig Schülern, die dem Gequassel eines Erwachsenen eine Stunde lang zuhören – nein, danke. Diese Art Erziehung hörte mit dem zwanzigsten Jahrhundert auf, und niemand vermißt sie. Allerdings habe ich erfahren, daß man auf der Erde wieder etwas Ähnliches versucht, weil die Steuerzahler begonnen haben, über die Kosten der Lehrprogramme zu jammern. Das ist ein weiterer Grund dafür, daß ich froh bin, beim Jupiterprojekt dabei zu sein.

Als Mr. Jablons sicher war, daß ich die neue Schaltung, die er mir erklärt hatte, beherrschte, ließ er mich allein. Ich baute zur Übung eine einfache schwarze Box mit der neuen Schaltung. Sie filterte Radiosignale aus und umfaßte wenige Wellenlängen. Ich probierte sie aus, indem ich den Routinesignalen lauschte, die von unseren Beobachtungssatelliten in der Nähe des Jupiter kamen. Das Ding funktionierte tatsächlich.

Ich beglückwünschte mich und ging hinab zum Ausbildungszentrum. Eigentlich sollte ich mich etwas mit einer Lehrmaschine beschäftigen und meine Differentialgleichungen auffrischen. Statt dessen lungerte ich herum und las das Anschlagbrett, bis Jenny auftauchte.

*) Dieser „Faraday-Käfig" ist natürlich nicht identisch mit dem unserer Tage, sondern ein vom Autor erdachtes, abgewandeltes Gerät (Anm. d. Übersetzers)

„Ich dachte, du bist für den Maschinenunterricht eingetragen", sagte sie.

„Das fehlt mir gerade noch – ein Mädchen, das an mir herumnörgelt, bis ich mich bessere."

Jenny warf den Kopf zurück, so daß ihre braunen Zöpfe bei der niedrigen Schwerkraft hin und her schwangen. „Ich wußte gar nicht, daß du überhaupt ein Mädchen brauchst." Sie knurrte mich wild an, und ich zog eine dämonische Fratze.

„Achtung!" erklang es über die Lautsprecheranlage. Köpfe wandten sich um.

„Ich möchte eine Mitteilung machen", sagte eine tiefe Stimme. Es war Kommandeur Aarons. „Der Abflug der *Argosy* aus der Umlaufbahn der Erde hat sich verzögert. Verschiedene Schwierigkeiten beim Auftanken und einige unerwartete Reparaturen machen es nötig, den Reisetermin umzulegen. Die IWA hat mich informiert, daß sich die *Argosy* um mindestens zwei Wochen verspäten wird. Das bedeutet, daß uns das Schiff etwa zweieinhalb Wochen nach der geplanten Ankunft erreicht. Abteilungs- und Unterabteilungsleiter sollten ihre Arbeitsprogramme entsprechend abstimmen." Der Lautsprecher verstummte mit einem Klicken. Ich blickte Jenny an.

„Was bedeutet das?" fragte sie.

Ich zuckte mit den Schultern. „Nicht viel. Wir haben etwas mehr Zeit, um unsere Berichte fertigzustellen."

„Aber wieso wird uns das mitgeteilt? Zwischen den Schiffen ist sowieso ein Abstand von dreizehn Monaten. Was machen ein paar Wochen mehr schon aus?"

„Aber, aber, Dummchen. Alle dreizehn Monate ergibt sich eine günstige Stellung zwischen Erde und Jupiter. Wenn die *Argosy* sie verpaßt, wird die Reise um ein hübsches Sümmchen teurer werden."

„Wieviel teurer? Ich meine, wenn die IWA sich Sorgen um den Haushalt macht –"

„Komm." Ich zeigte auf einen der Unterrichtsblöcke. „Wir können es wahrscheinlich vom Computer erfahren. Die *Argosy* sollte den Kurs mit minimalem Energieaufwand zurücklegen. Wenn sie sich also verspätet . . ." Ich begann, im Kopf zu rechnen.

Zak schlenderte heran. „Habt ihr gehört?"

Wir nickten.

„Ich habe mir die Mühe gemacht, eine Berechnung anzustellen, da ich gerade an einer Lehrmaschine saß. Wenn sich die *Argosy* um mehr als vier Wochen verspätet, wird der Haushaltsplan überschritten."

„Das wird knapp", sagte eine weitere Stimme. Juri war neben Jenny aufgetaucht.

„Ich frage mich, ob die IWA noch etwas in der Hinterhand hat", meinte Zak nachdenklich.

„Wer weiß? Aber", ich schaute Juri an, „es ist nicht unsere Aufgabe, uns den Kopf über die IWA zu zerbrechen. Statt dessen sollten wir lieber etwas Neues finden, um die Leute auf der Erde zu verblüffen."

„Geht das etwa gegen mich?" fragte Juri scharf.

Jenny sagte schnell: „Ich glaube nicht, daß Matt –"

„Und wenn?" antwortete ich leichthin.

„Du solltest dich über die Tatsachen informieren, bevor du den Schnabel aufreißt, Bowles", sagte Juri.

„Welche Tatsachen?"

„Die Tatsache, daß Atmosphärische Studien schwerer als alle anderen im Labor arbeiten. Die Tatsache, daß wir mehr Sonden in die obere Atmosphäre des Jupiter geschickt haben, als in den ursprünglichen Plänen vorgesehen war. Die –"

„Laß mich mit deiner Werbung in Frieden", unterbrach ich.

Juri holte tief Atem und wollte gerade fortfahren, als Zak ihm zuvorkam. „Juri, das wissen wir doch alle. Die IWA beginnt sich zu fragen, warum das Labor trotz aller Arbeit immer noch kein Lebenszeichen in der Ammoniakatmosphäre gefunden hat. Es ist doch natürlich, daß wir anderen – das heißt die, die nicht in Atmosphärischen Studien arbeiten – uns dieselbe Frage stellen."

„Darauf gibt es keine einfache Antwort, egal was Leute wie Bowles denken", sagte Juri und schob das Kinn vor.

„In Ordnung", erwiderte ich. „Gib uns also eine komplizierte Antwort."

„Es würde mich wirklich sehr interessieren", sagte Jenny und knipste ein strahlendes Lächeln an.

Also ließ sich Juri lang und breit über die unglaublichen Schwierigkeiten aus, mit denen seine Gruppe zu kämpfen hatte. Sein Vater habe im BioTec eine gewaltige, übermenschliche Arbeitslast auf sich genommen – na ja, das konnte man jedenfalls aus seinen Worten ableiten.

Er nannte auch eine Menge Fakten und Zahlen, die neu und interessant für uns waren. Während ich zuhörte, ging mir auf, daß Juri ein harter Konkurrent bei der Bewerbung um eine ständige Position im Labor sein würde. Kommandeur Aarons und die anderen würden ihn mit mir vergleichen.

Ich konzentrierte mich wieder auf das Gespräch. Juri beschrieb gerade den Versuch mit der letzten Sonde, der wegen Überdrucks fehlgeschlagen war.

„Das heißt, sie wurde zu Tode gequetscht", warf Zak ein.

„. . . bevor sie von ihren Experimenten auf der Suche nach Leben berichten konnte. Aber die Instrumente zeigten, daß tief im Methan und Ammoniak Wasser vorhanden ist; es ist warm, so warm wie jetzt dieser Raum. Alle Voraussetzungen für das Leben sind erfüllt."

„Warum habt ihr dann nie welches gefunden?" fragte Jenny unschuldig.

Juri preßte die Lippen zusammen. „Das wissen wir nicht."

„Juri, du hilfst ja nur, die Raketen zusammenzusetzen, mit denen die Instrumentenladungen auf den Jupiter gebracht werden. Es ist nicht deine Schuld, wenn sie nichts zutage fördern", sagte Jenny tröstend.

„Genau", murmelte Zak.

„Was mich erstaunt, ist, daß eure Sonden tiefer und tiefer vordringen, bis der Druck sie zerquetscht, und trotzdem nichts Lebendes finden. Keine in der Luft schwebenden Spuren, keine Bakterien, nichts", sagte ich.

„Wir finden schon etwas, Bowles", entgegnete Juri, der plötzlich zornig geworden war. „Gebt mir nur etwas Zeit. Dann werdet ihr die Ergebnisse sehen." Damit stand er auf und verließ den Raum.

„Na, all die Arbeit da draußen hat *ihn* jedenfalls nicht ruhiger gemacht", meinte Zak. „Mit der Heilwirkung von Vogelgesang ist es also doch nicht so weit her."

„Immerhin", sagte ich, „für eine Weile hat er sich ganz gut aus der Affäre gezogen. Wir haben ihn wohl an seine Probleme erinnert, und er versuchte, sie zu verbergen, indem er auf uns wütend wurde."

„Eine tiefschürfende Analyse, Doktor", konterte Zak.

„Hört auf, ihr beide", meinte Jenny. Sie erhob sich, drückte die Beleuchtung mit der Handfläche aus und verschwand.

„Ich fliege morgen zum Ganymed", sagte ich. „Es wird mir gut tun, Juri eine Zeitlang los zu sein."

„Ich bin auch dabei", antwortete Zak.

„Du?"

„Ich habe nicht viel Lust dazu, aber die Psychologen meinen, daß es gut für mich sei." Zak zuckte die Achseln.

Wir beobachteten Jenny, die den Flur hinabging und bald außer Sicht war. Röcke sind bei niedriger Schwerkraft noch unpraktischer als auf der Erde – zum Beispiel ist es schwierig, dafür zu sorgen, daß sie züchtig hinabgezogen sind –, deshalb tragen alle Hosen. Aber es ist unmöglich, eine Frau zu verkleiden, wenn sie auf sich aufmerksam machen will. Jennys Abgang bot einen weitaus erbaulicheren und interessanteren Anblick als die künstliche Landschaft, mit der das Versammlungszimmer dekoriert war.

„Ich glaube, sie ist sauer, weil ihre Friedensstiftung zwischen dir und Juri nicht erfolgreich war. Aber heute abend wird sie darüber hinweg sein."

„Klar", sagte ich und stand auf, um zu gehen. „Ich muß jetzt auf der Gitarre üben. Bis neunzehn Uhr."

Um neunzehn Uhr fand eine kleine Party in Ishis Wohnung statt. Ishis Eltern bewahren soviel von dem traditionellen japanischen Lebensstil, wie es fast 600 Millionen Kilometer von zu Hause möglich ist. Sie haben zartgetönte Holzschnitte an den Wänden und sitzen mit gekreuzten Beinen auf Bastmatten auf dem Boden. In der Luft liegt der schwache Dunst von Reis und salzigem Fisch. All das vereint sich zu warmer Behaglichkeit.

Zak, Jenny und ich saßen in Buddhastellung da, nahmen an der Teezeremonie teil und tauschten Bemerkungen mit Ishi und seinen Eltern aus. (Mein Rücken schmerzte, aber ich mochte den milden grünen Tee gern.) Die Vermutung, daß man uns zur Erde zurückschicken könnte, schien Ishi nicht zu kümmern. Aber ihn bringt natürlich nie etwas aus dem Gleichgewicht.

Es war ein ruhiger Abend. Danach begleitete ich Jenny nach Hause und küßte sie zum Abschied, doch in Gedanken war ich schon weit weg. Morgen würde ich zum Ganymed, dem vierten Mond des Jupiter, fliegen.

4

Wir versammelten uns, schon in Raumanzügen, in der Nähe der Büchsenachse. Alle Labortransporter, von den kleinen Einmann-Fähren, die Jenny und Ishi benutzten, bis zu dem Ionenkreuzer für den Flug zum Ganymed, sind in der Mitte der Büchse untergebracht.

Wie ich schon erwähnt habe, ist die Büchse eine große rotierende Trommel, die größtenteils leer ist. Die Mitte der Büchse ist, außer dem Achsenzylinder und der Verbindungsspeichen, für den freien Raum offen. Unser Kreuzer parkte dort, und wir mußten hinaus, um an Bord zu gehen.

Captain Vandez stand an der Luftschleuse und überprüfte, ob wir alle unsere Anzugventile geschlossen, die Helme nicht falsch herum aufgesetzt oder sonst etwas Verrücktes getan hatten. Er hat keine andere Wahl – es steht in den Vorschriften. Ein Techniker, der nie draußen ist, kann in den neun Monaten zwischen den obligatorischen „Ferien" auf dem Ganymed viel vergessen.

„Meldet euch, wenn ich eure Namen aufrufe", rief der Captain. „Williams! Kandisi! Bowles!"

Ich antwortete und drehte mich zu dem Rest der Gruppe um. Zak winkte von der anderen Seite der Röhre her, wo er sich an einer eingefügten Leiter festhielt. Die Schwerkraft war hier, in der Nähe der Achse, sehr schwach. Orangefarbene Zeichen mit der Aufschrift VERANKERT EUER RETTUNGSSEIL – IMMER! sprangen uns von den weißen Wänden her an.

„Sagdaeff!"

Juri antwortete: „Jo!"

Ich wandte mich um; er war zehn Meter hinter mir. Plötzlich hatte ich ein seltsames Gefühl der Leere.

Kurz darauf sagte Captain Vandez: „Ihr habt alle schon einmal diesen Routineflug mitgemacht, deshalb werde ich nicht lange Reden darüber halten, daß ihr vorsichtig sein müßt. Vergeßt nicht, die *Sagan* ist ein gewöhnlicher Kreuzer. Sie ist angemessen gegen Hochenergiepartikel gepanzert, aber wir haben nicht genug Masse, um große Felsbrocken – oder auch nur kleine – aufzuhalten. Das bedeutet, daß jeder in seinem Anzug bleibt. Der Helm muß aufgesetzt sein und sofort versiegelt werden können – und zwar jederzeit. Wer die Vorschriften verletzt, bekommt es mit mir zu tun, und das kann unangenehm werden. Also los, in die Schleuse!"

Einer folgte dem anderen. Wir gingen durch eine der Besatzungsschleusen hinaus, in der überall Handgriffe angebracht waren. Ich fühlte, wie die Sohlen meines Anzugs singend mitvibrierten, als die Pumpen die Luft aus der überfüllten Schleuse saugten. Mein Anzug wurde geschmeidiger, so daß ich Arme und Beine leichter bewegen konnte. Ich las die Meßgeräte und Farbskalen unter dem Rand meiner Sichtscheibe, um mich zu überzeugen, daß der Anzug mich ausreichend mit Luft versorgte. Die Luft schmeckte etwas ölig, aber das ist immer so. Es gibt eben einige Dinge, mit denen die Technik nie fertig wird.

Die Vibration hörte auf. Ein rotes Licht über der großen Tür sprang zu Grün über, und die Außenluke wurde frei. Captain Vandez stieß sie selbst auf, während ein silbernes Band, das am Rand der Schleuse befestigt war, sich außer Sicht schlängelte. Der Bursche vor mir lehnte sich nach vorne und fing es ein. Er kletterte Hand über Hand an ihm entlang.

Nachdem ich eine Gleitschiene an der Leine festgezurrt hatte, stieß ich mich mit einem Tritt sanft von der Schleuse ab.

Man ist immer wieder überwältigt, wenn man hinausgeht. Ich trieb auf den „Deckel" der Büchse zu. Er war zur Seite geschoben, um die *Sagan* hinauszulassen. Ich schien durch ein glänzendes Metallrohr auf ein Sternenmeer zuzugleiten. Die Sicherheitslinie endete in einer Schleuse an der Seite des spinnenartigen Fusionskreuzers *Sagan*. Sie ankerte ganz oben an der Büchse vor dem majestätischen Hintergrund der Sterne.

Am besten gefällt mir im freien Raum das Gefühl völliger, grenzenloser Freiheit. Es ist, als wäre ich ein Vogel, der fliegen kann.

Ein Teil dieser Poesie hängt mit dem Gefühl der Schwerelosigkeit zusammen. Die null G innerhalb der Büchse sind zwar angenehm, aber hier draußen kommt die Empfindung äußerster Bewegungsfreiheit hinzu. Es ist, als würde eine Last von den Schultern gehoben, von der man vorher nichts ahnte. Ich fühlte mich wunderbar.

Der Mann vor mir hatte den Kreuzer erreicht. Ich beobachtete, wie die *Sagan* größer wurde, und rollte mich gerade rechtzeitig nach vorne, um den Aufprall abzuschwächen. Ich war recht stolz auf das Manöver; es bewies, daß das Squashspiel im freien Fall meine Reflexe bei null G geschärft hatte.

Vorsichtig schlüpfte ich in die Schleuse der *Sagan*. Die innere Luke war geöffnet. Ich zog mich hindurch und kam in einen langen Raum, dessen Wände von Passagiersitzen umstellt waren. Ein Mann in Offiziersuniform deutete auf einen Platz, und ich setzte mich. Dann knipste ich die Verankerung an meinen Schenkeln an den Sitz und wartete.

Der Zylinder füllte sich rasch. Unser Gepäck war schon früher an Bord gebracht worden, da man nicht wollte, daß die Passagiere ihre Koffer trugen, während sie sich zur *Sagan* hinüberbugsierten.

Zak kam an Bord und verankerte sich neben mir. Ich bemerkte, daß er sich schon an die Rationen gemacht hatte, die in seinem Helm verstaut waren. Hoffentlich würde ich nie so hungrig sein! Die Rationen sind ausgewogen nach Nährwert und Eiweißgehalt, aber sie kommen aus Tuben, und ich bin nie das Gefühl losgeworden, daß ich dabei Zahnpasta esse.

Nach einer Weile waren alle angekommen, und die Schleuse wurde geschlossen. Ich spürte das Ziehen der Beschleunigung, als sich die *Sagan* von ihrem Ankerplatz löste und die Büchse verließ. Natürlich war davon nichts zu sehen; die Passagierkabine war zwar ein Zugeständnis an uns arme Viecher, aber sie hatte keine Sichtschirme.

Es gab auch keine fröhliche Begrüßung von Captain Vandez mit Mitteilungen über unser Ziel, unsere Flugzeit und darüber, wann wir erwarten konnten, auf Ganymed zu landen. Wir hatten es ja nicht mit einer Fluggesellschaft zu tun. Statt dessen fühlte ich nach einigen Rippenstößen durch die Positionsdüsen einen plötzlichen

Tritt in den Magen. Jedenfalls scheint es so, wenn man nicht darauf gefaßt ist. Die *Sagan* beschleunigte vom Jupiter weg mit etwa einem irdischen G. Für ein, zwei Minuten war es entschieden unbequem. Dann erinnerte sich mein Körper daran, wo er geboren war, und nahm ein G als normal hin; meine Muskeln entspannten sich ein wenig, und mein Atem wurde gleichmäßiger.

Das Seltsame an der *Sagan* – oder jeder anderen Fusionsrakete – ist die Stille. Wahrscheinlich habe ich zu viele alte Filme über die Weltraumabenteuer von Captain Daring gesehen. Darin jagen die Raketen immer mit einem Brüllen los – wie ein Löwe mit einer verbrannten Tatze. Das Raumschiff läßt Flammen und Funken hinter sich, Captain Daring beißt die Zähne zusammen, während er von der Vibration geschüttelt wird, und man könnte schwören, daß eine Wasserstoffbombe nicht mehr Lärm machen würde.

Vielleicht war es früher einmal so; aber heute sind chemische Raketen im freien Raum so veraltet wie Pferde. Wir verwenden sie, um atmosphärische Sonden zu bremsen, wenn sie sich auf den Jupiter senken. Aber das liegt daran, daß wir sie nur einmal benutzen. Diese kleinen Einweggeräte sind, soviel ich weiß, die einzigen, für die heutzutage noch chemische Raketen gebraucht werden. Die Zeit von Captain Daring und seinen donnernden Düsen ist vorbei.

Immerhin, vielleicht würden sie mir mehr zusagen als der totenstille Start der *Sagan*. Es ist irgendwie unheimlich, wenn man leise, ohne jeden Abschiedsgruß, von der Büchse fortgleitet.

Zak hält mich für einen Romantiker. Vielleicht hat er recht. Oder vielleicht schaue ich mir nur mehr alte Filme an als er.

Nach der Beschleunigung lehnte ich meinen Helm gegen den von Zak. „Hast du Lust rauszugucken?“

Er nickte. Ich stand auf und stieß mich zum vorderen Teil der Passagierkabine ab. Captain Vandez hatte den Druck des Schiffs noch nicht erhöht. Ich traf einen Offizier, der gerade durch die Luke kam, und berührte seinen Helm mit meinem.

„Dürfen wir nach vorne und uns ein Drei-D ansehen?“

„Ich habe nichts dagegen. Wie viele? Zwei? Nur zu. Aber haltet euch fest und laßt euch nicht einfach treiben. Man kann nie wissen ..."

Ich winkte Zak zu und schlängelte mich durch die Luke. Das nächste Abteil war zur Hälfte mit Gepäck gefüllt, das mit einem Netz gesichert war. Wir befanden uns in der inneren Röhre, die an der Achse der *Sagan* verlief. Um uns herum waren überall Lagerbehälter. Zur Zeit warteten sie darauf, gefüllt zu werden; die *Sagan* kehrte zum Ganymed zurück, um mehr Wasser zu holen.

An den Wänden waren einige Drei-D-Schirme angebracht. Sie stellten außer den Sitzen das einzige Zugeständnis an die Passagiere dar, das auf der *Sagan* gemacht wurde. Die Schirme zeigten in Farbe eine Vorder-, eine Rück- und mehrere Seitenansichten.

Zak stieß gegen mich, aber ich achtete nicht auf ihn. Ich war damit beschäftigt, unsere Flugbahn abzuschätzen.

Die Rückansicht war am interessantesten. Nein, *interessant* ist nicht das richtige Wort. *Zauberhaft* ist treffender. Im Zentrum des Schirms, direkt hinter der *Sagan*, lag der Jupiter.

Jupiter. Der Götterfürst. Der Gott der Römer. Der Glänzende, Gewaltige. Er füllte den Schirm aus, gestreift von horizontalen, gelblich-braunen Bändern. Die Bänder wogten wie dichter Rauch; jedes von ihnen kreist mit verschiedener Geschwindigkeit. Am Äquator ziehen die wirbelnden Wolken in etwas weniger als zehn Stufen um den Jupiter herum.

Genau das sind sie: Wolken. Noch nie haben wir die Oberfläche des Jupiter gesehen, den soliden Felsen oder die metallischen Wasserstoffverbindungen oder was auch immer, und wir werden sie nie sehen. Bis dorthin können wir nicht vordringen. Der Druck auf der Oberfläche ist eintausendmal größer als der irdische Druck am Meeresspiegel. Wir sind nicht fähig, ein Raumfahrzeug zu konstruieren, das dorthin gelangen könnte. Und wenn wir dazu fähig wären, gäbe es nichts zu sehen. Es ist kein Licht da. Die Wolken, zu denen ich hinausschaute, absorbieren fast das gesamte Sonnenlicht oder werfen es zurück in den Raum.

Mit zusammengekniffenen Augen blickte ich zum Äquator. Mit Mühe konnte ich die Massen von treibenden Wolken erkennen, die übereinander hinschäumten und um den Planeten rasten. Jupiter trieb sie zu Überschallgeschwindigkeiten an. Unter den Ammoniakwolken erstreckten sich über Tausende von Kilometern Methankristalle, Wasserstoff, Eis, Schwefeldämpfe und Donnerschläge wie Gewitter, die den ganzen asiatischen Kontinent umfaßt hätten – es war ein Hexenkessel, dem kein Mensch gewachsen war.

Jupiter, der Glänzende. Er enthält 70 Prozent aller Materie in unserem System, wenn man die Sonne nicht mitrechnet. Aus unserer Entfernung nahm er den ganzen Himmel ein. Unterhalb des Äquators konnte ich den Roten Fleck ausmachen, eine wirbelnde, gewaltige Strömung, die mehr als zwölfmal so groß wie die Erde ist. Wir vermuten, er sei ein mächtiger Zyklon. Niemand weiß, wie oder wann er entstand und ob er jemals verschwinden wird.

„Ahem!" Eine weibliche Stimme räusperte sich dicht neben mir. „Meint ihr wirklich, daß ihr Jungen alles vor den anderen gesehen haben müßt?"

„Wir waren zuerst hier." Zaks Antwort schien plausibel genug.

„Das heißt, ihr habt euch vorgedrängt . . ." Die Frau zwängte sich an uns vorbei zu dem Bildschirm mit der Rückansicht. Sie war so alt wie meine Mutter, aber nicht halb so hübsch.

Zak hatte schon den Mund geöffnet, doch ich murmelte: „Komm schon, es lohnt sich nicht. Wir haben noch den ganzen Tag Zeit."

Wir näherten uns dem Schirm mit der Vorderansicht.

„Müßt ihr denn alles versperren?"

„Wir beobachten –", sagte ich.

„Also wirklich, ihr solltet dafür dankbar sein, daß eure Eltern euch diese Reise allein machen lassen. Wenn ihr euch nicht benehmen könnt –"

„Unsere Eltern haben damit überhaupt nichts zu tun", unterbrach ich sie. „Da wir über sechzehn sind, hat es nur mit den Laborvorschriften zu tun."

„Ha! Wir werden ja sehen, was der Captain von zwei jungen –"

„Ach, lassen Sie uns in Ruhe", sagte ich. „Komm, Zak." Ich

kannte die Frau nicht. Sie mußte mit dem letzten Flug der *Rambler* angekommen sein.

Auf dem Weg zurück zu meinem Platz bemerkte ich, daß sich der Luftdruck verstärkt hatte, und öffnete den Verschluß meines Helms. Ich schob den Helm zurück, setzte mich und überlegte mir, was ich tun könne, bis wir auf dem Ganymed landeten.

Zak machte sich auf die Suche nach einer geeigneten Lektüre, da all unsere Bücher im Gepäck waren. Er kam mit zwei irdischen Illustrierten zurück, die in einem fotografischen Reproduktionsverfahren auf Plastikbögen gedruckt sind. (Wenn eine Zeitschrift veraltet ist, werden die Bögen in einem chemischen Bad gereinigt und können wieder benutzt werden.)

Ich blätterte die Broschüre durch und las völlig planlos. Ein Artikel handelte von den gestaffelten Arbeitszeiten in den Städten und den dadurch behobenen Verkehrsstauungen. Auf einem Drei-D-Bild wurden die „Packer" in der Untergrundbahn von New York gezeigt – Männer, die damit beschäftigt waren, noch mehr Menschen in ohnehin schon überfüllte U-Bahn-Abteile zu schieben, um die Kapazität zu steigern. Ich schaute mir das Bild etwas genauer an.

Der nächste Artikel, den ich las, enthielt einen Modetip für Männer: „Wie bekomme ich die richtige Tönung?" Dazu gehörte das Drei-D-Bild eines Mannes, der einen kastanienbraunen Mantel mit einem breiten Halstuch trug und sich die Fingernägel lackierte.

Ich fragte Zak, ob er glaube, daß Kommandeur Aarons die Exemplare etwas „frisiere", die über Laser von der Erde zu uns gestrahlt wurden.

„Warum sollte er?"

„Mir scheint, daß die Erde in diesen Illustrierten nicht sonderlich gut wegkommt", erwiderte ich. „Man könnte fast annehmen, daß sich jemand bemüht, bei uns kein Heimweh aufkommen zu lassen."

Zak legte seine Zeitschrift für Dichtung beiseite. „Wie kommst du darauf? Du glaubst wohl, daß nur Frauen sich die Fingernägel anmalen sollten?"

„Ja."

„Wer sagt das?"

„Wieso –? Äh, *mein* Vater tut es jedenfalls nicht. Und deiner auch nicht."

„Na, sie sind eben konservativ. Die Entwicklung im Labor ist stehengeblieben, Matt. Sie sind eine Ausnahme."

„Meinst du?"

„Hier draußen haben wir etwas zu tun. Du folgst in der Monitorabteilung kleinen grünen Leuchtflecken, ich unterhalte mich mit Computern – jeder hat eine Aufgabe. Sogar die Rotznase da" – er machte eine Geste nach hinten, wo ein Baby heulte – „wird in ein paar Jahren etwas zu tun haben. Ich hoffe, sie kratzt den Dreck aus den hydroponischen Tanks."

„Auch auf der Erde gibt's Arbeit."

„Da irrst du dich." Er richtete einen Finger dozierend auf mich. „Sie haben Arbeitsplätze, ja. Die Regierung kümmert sich darum, daß es davon jede Menge gibt. Aber Arbeit ist kaum vorhanden."

„Ich kann dir mal wieder nicht folgen."

„Wie würdest du dich fühlen, wenn du jeden Tag in einem Büro sitzen und Papierchen von einer Ecke zur anderen weiterreichen müßtest?"

„Wahrscheinlich würde ich mich langweilen. Es wäre genauso, als wenn man den ganzen Tag in eine ihrer Schulen geht."

„Vermutlich. Man kommt sich ziemlich nutzlos vor. Darum geht's: Die Menschen wollen, daß aus ihrer Arbeit etwas wird, sie wollen ein Ergebnis sehen. Zum Beispiel einen Stuhl oder eine Brücke oder ein Drei-D. Aber das wird alles von Maschinen erledigt. Die Menschen drücken nur noch auf Knöpfe und hantieren mit Papier."

„Und bemalen sich die Fingernägel", sagte ich verächtlich.

„Natürlich – weil sie sich langweilen. Sie tun nichts mehr, was sie für wichtig halten. Sicher, die Regierung erklärt, daß es produktive Arbeit ist, Papiere herumzuschieben. Aber das ist reine Beschäftigungstherapie, und die Leute wissen es. Das läßt sich nicht mit ihrem Ego und der Vorstellung von ihrer Identität vereinbaren."

„Geht's schon wieder los?"

„Gut, ich werde mich einfacher ausdrücken. Entscheidend ist, daß sie versuchen, ihre Individualität und ihren Wert nicht in der Arbeit, sondern in etwas anderem zu finden. Sie sind wie Vögel, die mit bunten Federn prunken."

„Sie suchen ein Mittel, sich auszudrücken."

„Richtig. Aber wir hier draußen haben etwas zu tun. Hier können sich solche Marotten nicht durchsetzen. Eigentlich gehören wir zu einer ganz anderen Kultur."

„Ja, aber –"

„Auf jeden Fall hat Kommandeur Aarons keine Zeit, sich darüber den Kopf zu zerbrechen, was du liest", sagte Zak triumphierend.

Ich versuchte immer noch, diesen plötzlichen Themenwechsel zu verdauen, als Juri zu uns herübergepoltert kam.

„Habt ihr euch schon überlegt, was ihr in euren Ferien machen wollt?" fragte er.

„Klar", antwortete Zak. „Was wir gewöhnlich tun – wir wollen uns von der Menge fernhalten."

„Von der Menge?" Juri dachte scharf nach.

„Deshalb sind wir hier, Schafskopf", sagte ich. „Um Metallwände und Menschen hinter uns zu lassen."

„Ich versuche zu trainieren. Ich laufe ein paar Kilometer und spiele etwas Volleyball."

„Wunderbar, nur zu", ermunterte ich ihn.

„Was käme denn sonst noch in Frage?" beharrte er.

„Ich fahre meistens in einem der Wanderer hinaus. Die Männer am Stützpunkt freuen sich, wenn man ihnen hilft", meinte Zak.

„Das habe ich auch vor", sagte ich.

„Wieso?" fragte Juri.

„Mein Lieber", erklärte Zak, „du hast doch bestimmt vom Atmosphärenprojekt auf dem Ganymed gehört. Im Stützpunkt verbringt man die meiste Zeit damit, neue Fusionswerke zur Energieerzeugung herzustellen. Mit dieser Energie werden die Felsen in ihre Grundbestandteile, Kohlenstoff, Wasser und Sauerstoff, zerlegt. Es entsteht nach und nach eine Atmosphäre, in der wir atmen können. Aber das ist eine komplizierte Angelegenheit. Man sollte wissen, wie sich die Luft und die Temperatur auf dem ganzen Ganymed verändern, nicht nur um die verstreuten Fusionswerke herum."

„Deshalb sind überall auf dem Ganymed Aufnahmegeräte und Kleinstlabore verteilt", fuhr ich fort. „Ab und zu muß jemand hinaus, um die Informationen zu sammeln oder etwas zu reparieren."

„Es ist nicht gerade aufregend, wenn man dauernd auf dem Ganymed lebt", sagte Zak. „Eine Tour über die Eisfelder wird schnell eintönig. Aber für Leute wie uns ist es eine Möglichkeit, hinauszukommen und sich umzuschauen. Deshalb melde ich mich in den Ferien immer freiwillig."

„Ach so", knurrte Juri. „Euch kleinen Angebern fällt aber auch immer etwas Neues ein. Ich bleibe jedenfalls bei meinem Sport. Das wird mir auf jeden Fall nützen." Er blickte mich bedeutungsvoll an.

„Bis später", sagte ich. Juri verstand und trollte sich.

Ich wandte mich wieder meiner Illustrierten zu.

5

Es wurde wirklich ein langer Flug. Ganymed ist nicht weiter vom Jupiter entfernt als die Büchse – die beiden haben sogar die gleiche Umlaufbahn, obwohl sie auf verschiedenen Punkten dieser Umlaufbahn liegen –, aber die Büchse folgt etwa eine Million Kilometer hinter dem Ganymed.

Natürlich wäre es leichter, den Jupiter von einer weniger weit entfernten Umlaufbahn aus, zum Beispiel in der Nähe eines der kleineren Monde wie Io, zu studieren, doch die Strahlungsgürtel sind dort zu stark. Wir müssen den Jupiter aus sicherer Entfernung beobachten. Trotzdem benötigt die Büchse ihre „Deckel" aus Wasser, um uns gegen die harte Strahlung abzuschirmen, die auf uns einströmt. Das Wasser holen wir uns von den Eisfeldern des Ganymed. Er ist für uns sozusagen der Kramladen an der Ecke; was wir nicht aus seinen oberen Schichten gewinnen können, muß von der Erde herangeschleppt werden.

Ganymed ist für uns so lebenswichtig, daß ich einmal auf die Idee kam, es wäre besser, die Büchse zu verlegen und um den Ganymed kreisen zu lassen und uns zum „Mond" eines „Mondes" zu machen. Daraufhin zeichnete mir mein Vater einige Skizzen, die zeigten, daß Ganymed einen großen Teil unserer Mitteilungen an die Erde blockieren würde, von der Telemetrie unserer Satelliten in der Nähe des Jupiter ganz zu schweigen. Deshalb zieht die Büchse hinter dem Ganymed in einer Position her, die als Trojanischer Punkt bezeichnet wird. Dort ist die Umlaufbahn stabil, und jeder Flug zwischen den beiden dauert mehr als elf Stunden.

Ich war hundemüde, als wir auf dem Ganymed ankamen. Die *Sagan* bietet wenig Komfort; der Raumanzug war mir lästig und ich war kribbelig vom langen Nichtstun.

Die meisten Passagiere schliefen, als die bleiche Scheibe des Ganymed im vorderen Bullauge ins Blickfeld glitt. Zak und ich schlichen der besseren Sicht wegen nach vorn, obwohl das Zeichen zum Anschnallen der Gurte aufleuchtete. Ich kam an Juri vorbei, der vor sich hindöste und vielleicht seinen Sieg über mich beim Squash noch einmal durchlebte. Immerhin konnte ich mich damit trösten, daß er noch gegen Ishi spielen mußte. Ich achtete nicht sehr auf ihn.

Er stellte mir ein Bein, als ich vorbeikam.

Ich stolperte leicht in der niedrigen Schwerkraft und hörte sein hohles Kichern. „Bißchen schwerfällig, wie, Bowles?"

Ich ballte die Fäuste und wollte etwas sagen.

„Schon beleidigt?" meinte Juri.

„Komm schon, Matt." Zak legte eine Hand auf meine Schulter. „Es lohnt sich nicht."

Ich schwieg und folgte Zak den Gang hinab. Innerlich schäumte ich vor Wut.

Wir schauten aus dem vorderen Bullauge. Glitzernde Eisteppiche umgaben die beiden Pole des Ganymed; um den Äquator zog sich ein dichter Gürtel aus nacktem Fels und Flußtälern. Die Flüsse bestehen aus Ammoniak und sind nur tagsüber in Bewegung. In den Tälern liegt bleicher, rötlicher Nebel; kahle Schiefergipfel ragen daraus empor.

Die dünne Atmosphäre pfiff um die *Sagan*, und wir gingen zu unseren Sitzen zurück. Einen Moment später senkte sie die Nase und wir setzten zum Gleitflug nach unten an.

Zwei Wochen Ferien lagen vor uns. Alle Pflichten und Familienangelegenheiten samt dem ABOL hatten wir hinter uns gelassen.

Wir spürten ein plötzliches Zerren, als Captain Vandez die Maschinen drosselte, darauf folgten ein Gefühl des Fallens und ein Aufprall. Ich begann, den Gurt zu lösen.

Zak legte seine Gedichte weg und tastete nach seiner Brille. Wenn er sie trägt, sieht er aus wie das junge Computer-As, das er ist; in seiner literarischen Phase, behauptet er, braucht er sie nicht.

„Gepäck unten abholen", tönte der Funkspruch aus meinem Kopfhelm. Ich winkte Zak, und wir waren die ersten in der Luftschleuse. Die Luke öffnete sich.

Ich starrte auf eine steile Hügelkette, von weißem Frost eingehüllt. In einer Entfernung von etwa fünfhundert Metern sah ich den hellgrauen Schimmer der Lebenskuppel sich gegen den dunklen Himmel abheben.

„Los jetzt!" rief jemand. Ich schaute nach unten und sah einen Mann, der auf das Fallseil neben der Luftschleuse deutete.

„Ab mit dir, Jungchen." Ich hörte Juris Stimme hinter mir, und jemand stieß mich in den Raum hinaus. Ich griff nach dem Seil und erwischte es mit einer Hand. Ganymed hat nur ein Drittel G, so daß man nicht schnell fällt, aber ich hatte mich immer noch nicht gefangen, als ich mit einem ziemlichen Dröhnen auf dem Boden aufsetzte.

Ich machte ein paar Schritte vom Seil weg und drehte mich dann um. Juri hatte sich gerade elegant herabgeschwungen. „Du hast immer noch zwei linke Füße, Söhnchen", sagte er.

Ich holte aus, doch er duckte sich, und ich erwischte seine Schulter. „Komm schon", forderte ich ihn heraus und stemmte mich fest auf den Boden.

„Du ärgerst dich doch nicht über ein paar kleine Scherze?" fragte er mit gespielter Überraschung.

Jemand stieß mich an. Ich wirbelte drohend herum und sah, daß es der Mann war, der das Fallseil gesichert hatte. „Schluß damit!" fauchte er. „Macht, daß ihr wegkommt. Ihr könnt woanders den großen Mann spielen!"

Juri marschierte davon. Ich versuchte, mich zu beherrschen, und wartete, bis Zak unten war. „Er nimmt dich immer noch hoch, was?" fragte er.

„Sieht so aus."

„Juri haßt dich, weil du klüger und schneller als er bist. Das versucht er, durch seine Muskeln auszugleichen. Laß dich nicht provozieren."

„Ich möchte am liebsten –". Ich ballte eine Faust.

„Weiß ich. Aber damit spielst du ihm in die Hände."

„Na und?"

„Hör zu, alle Vorteile sind auf Juris Seite. Der Mann hat nicht gesehen, daß Juri dich geschubst hat; er hat nur gesehen, daß du versuchtest, Streit anzufangen. Juri hat also in allen Punkten gewonnen. Behandle ihn beim nächstenmal ganz normal. Vielleicht meint er, daß jetzt das Konto ausgeglichen ist."

„Gut . . . Mag sein."

Die ersten Netze voll Gepäck senkten sich aus dem Laderaum herab. Wir gingen hinüber und halfen zwei Männern, das Netz zu öffnen. Unsere Koffer waren da. Wir packten sie und machten uns zu den Gebäuden des Stützpunktes auf. Dort wohnten einige der fünfzig ständigen Belegschaftsmitglieder; der Rest war etwas weiter weg in der Lebenskuppel untergebracht.

Der Düsenrückstoß der *Sagan* hatte das Eis am Boden schmelzen und einen braunen Fleck in dem gespenstischen Weiß entstehen lassen. Wir trotteten davon. Unsere Anzüge pusteten Wärme im Kampf gegen die extremen Temperaturen. Als die erste Expedition hier landete, herrschten auf der Oberfläche minus 150 Grad Celsius. Das Programm zur Nutzbarmachung hat die Oberfläche etwas erwärmt, aber nicht viel.

Wir erreichten das Verwaltungsgebäude und rumpelten an die Schleuse. Einen Moment später blinkte das grüne Licht auf, und wir wurden in den Raum befördert, in dem die Raumanzüge abgelegt werden. Ich drosselte den Druck im Helm und entdeckte, daß die Luft sauberer war, als ich erwartet hatte; auf dem Stützpunkt werden dauernd Verbesserungen durchgeführt. Wir nahmen unser Gepäck in den nächsten Raum. Dort saß ein Mann hinter einem Tresen mit einer Liste, die an einer Schreibunterlage festgeklammert war.

„Name – oh, Palonski und Bowles! Willkommen mal wieder. Ihr könnt wohl nicht genug kriegen, was? Ihr habt bereits wieder nach einem Wanderer gefragt?"

„Immer noch besser als Auftankdienst", sagte ich, und er lachte. Es gibt nichts Langweiligeres, als Wasser und Ammoniak in die Tanks der *Sagan* zu pumpen. Dabei muß man zwei Stunden lang verschiedene Skalen beobachten, dann in fünf Minuten die Schläuche umstecken und wieder zwei Stunden lang herumsitzen.

Er gab uns die Nummern unserer Kojen und ließ uns gehen. Die Familien mit Kindern würden sich einen Vortrag über die Sicherheit und über eine lange Reihe verbotener Dinge anhören müssen. Ich hatte den Vortrag schon oft erlebt und hätte ihn vermutlich genauso gut halten können wie er.

Wir gingen zu unseren Kojen und verstauten unsere Sachen, ohne viel Zeit zu verschwenden. Auf keinen Fall wollten wir von den anderen eingeholt werden. Sobald alles weggepackt war, machten Zak und ich uns in Richtung Kuppelschleuse auf den Weg.

Für mich ist die Kuppel das Schönste am ganzen Ganymed. Die Luftschleuse hatte kaum aufgehört zu pfeifen, als ich schon meinen Anzug abgelegt hatte und mir Turnschuhe anzog. Ich mußte einige Male schlucken, um mein Innenohr an den Druck der Kuppel zu gewöhnen, doch das geschah automatisch. Jeder im Raum tut das, ohne nachzudenken – oder handelt sich bohrende Ohrenschmerzen ein, wenn er es vergißt. Zak war genauso schnell, und wir gingen zusammen durch die Tür.

Für jemanden, der auf der Erde lebt, wäre die Kuppel wohl nichts Besonderes. Aber für mich – nun, ich trat durch die Tür und blieb voll Bewunderung stehen. Über mir wölbte sich die Kuppel, getragen von der Luft, die ich atmete. Sie ist fünfhundert Meter hoch und fünf Kilometer breit – eine riesige Blase über dem Ganymed. Sie ist der einzige Ort auf dem Ganymed, wo sich ein Mensch ohne Raumanzug bewegen kann.

Zak und ich marschierten hinüber zum Skischuppen. Unter der Kuppel liegt ein seltsamer Hügel mit einem steilen und einem weniger steilen Hang. Wir trugen unsere Skier zur schwierigen Seite hinauf und schnallten sie an. Ich hielt Ausschau über das Land unter der Kuppel. Hügel gingen ineinander über und bildeten Flußniederungen und enge Täler. Spätmorgendlicher Wasserdampf stieg aus einem Sumpfgebiet empor. Am höchsten Punkt der Kuppel trieb ein dünner Wolkenfetzen. Weit draußen, von wo wir gekommen waren, tauchten ein paar Menschen aus der Schleuse auf.

„Los!" sagte ich und stieß ab. Wir begannen langsam, fingen dann an zu wedeln und zeichneten weitläufige Kurven in den

Hang. Die Geschwindigkeit ist bei geringer Schwerkraft nicht sonderlich groß, aber dafür kann man unglaubliche Bögen schlagen und die Abfahrt verlängern.

Fast den ganzen Nachmittag liefen wir Ski, bis zu viele sich am Hang tummelten. Dann wanderten wir um die Kuppel herum, um zu sehen, was es Neues gab. Die Experimentierfarm war größer geworden, und die meisten Pflanzen – angepaßtes Getreide, Wurzelgemüse, Äpfel – gediehen gut. Die Farm ist Modell für das, was aus Ganymed werden soll, sobald das Atmosphärenprojekt läuft.

Wenn der Treibhauseffekt alles erwärmt und Mikroorganismen Sauerstoff absondern, werden schließlich auch irgendwo Sojabohnen wachsen. Dann werden die Siedler in Unmengen kommen. Für uns wird es Zeit weiterzuziehen ... bevor sie ein Hilton bauen. Immer vorausgesetzt, daß mich die IWA nicht mit der *Argosy* zurückschickt, erinnerte ich mich ...

Dieser Gedanke ließ sich nicht leicht beiseite schieben. Aber in den nächsten zwei Tagen versuchte ich es mit aller Kraft. Wir bestiegen Hügel, liefen Ski und spielten Fußball, bis unsere Beine zu versagen drohten. Wenn wir morgens aufwachten, beklagte Zak stöhnend die Sünden der Vergangenheit und wünschte sich ein Frucht- und Schokoladeneis herbei, um bis zum Frühstück auszuhalten.

Am dritten Tag liefen wir halben Herzens Ski und warteten darauf, daß genügend Leute für ein Fußballspiel zusammenkamen. Plötzlich verlor ich Zak am Hang aus den Augen. Ich drehte mich gegen die Fahrtrichtung, kam zum Stehen und sah zurück. Niemand war in der Nähe. Ich stemmte mich ungeschickt bergan und schaute mich noch einmal um. Eine kleine Kuppel wölbte sich nicht weit von mir entfernt. Ich fuhr um sie herum, um meine Sicht zu verbessern.

„Hallo!" sagte Zak. Er lag in einer kleinen Mulde hinter der Kuppel. Seine Skier hatten sich gelöst, und im Schnee war eine braune Vertiefung.

„Warum hast du nicht gerufen?" fragte ich und wuchtete mich zu ihm hinüber.

„Ich schämte mich. Es ist ein bißchen blöde, auf so einem leichten Hang zu stürzen." Er grinste einfältig.

„Hast du dich verletzt?" Ich streckte die Hand aus, um ihm aufzuhelfen.

„Ich glaube nicht – au!"

„Setz dich wieder hin. Laß sehen." Ich machte seine linke Ferse frei.

„Was ist los?" Er blinzelte eulenhaft auf sein Bein.

„Knöchel verstaucht." Ich begann, meine Skier abzuschnallen.

„Meinen Sie, daß ich jemals wieder Klavier spielen kann, Doktor?"

„Klar, mit den Füßen, genau wie früher. Komm." Ich zog ihn hoch, und er lehnte sich an mich. „Meinst du, daß du gehen kannst?"

„Natür-au!"

Er schaffte es trotzdem bis zum Fuß des Hügels. Von dort wanderte ich zur Kuppelschleuse zurück und holte einen kleinen Karren, der gewöhnlich für Transporte zur Experimentierfarm benutzt wurde. Der Stützpunktarzt kam mit und verband Zaks Knöchel. Er wiederholte meine Diagnose, gebrauchte aber kompliziertere Ausdrücke.

Ich half Zak in seine Koje. Der Arzt wies mich an, ihm seine Mahlzeiten zu bringen. Als erstes bat Zak um einen Milkshake. Ich zuckte die Achseln und ging zum Restaurant hinüber, um dem Koch ein Glas abzuluchsen – was keine Kleinigkeit war.

Der Mann am Schalter meinte, es werde ein paar Minuten dauern, da einige Leute zunächst ihr Mittagessen bekommen müßten. Ich trat also beiseite und wartete. Die widerliche Frau von der *Sagan* stand hinter mir in der Schlange. Sie verlangte eine Tasse Kaffee und ein Brötchen mit Salat und erhielt sofort beides. Dann beugte sie sich zu dem Mann hinüber und sagte laut: „Diese Jungen wollen auch dauernd etwas Besonderes!"

Ich stand da und versuchte, mir eine passende Antwort einfallen zu lassen, bevor sie entschwand. Zak wäre an meiner Stelle auf etwas Ironisches und Geistreiches gekommen, aber ich benahm mich so, als hätte ich Murmeln im Mund. Mein Gesicht brannte vor Verlegenheit.

„Du bist der jüngere Bowles, nicht wahr?" fragte eine tiefe Stimme vor mir.

Ich schaute auf. Es war Captain Vandez; er wirkte sehr abgespannt.

„Ja, Sir."

„Ich habe gerade gehört, was Palonski passiert ist. Tut mir leid."

„Es ist nichts Ernstes", sagte ich. „Zak wird wieder gehen können, wenn wir zurückfliegen."

„Gut." Er nickte abrupt. „Nach der Liste des Stützpunktkommandeurs solltet ihr beide morgen mit dem Wanderer eine routinemäßige Inspektionstour machen. Ich hatte schon befürchtet, daß der Unfall es unmöglich gemacht hat."

„Das hat er."

„Nicht unbedingt. Ein anderer Junge hat sich vor zwei Tagen für diese Arbeit gemeldet. Ich habe ihm gesagt, daß beide Plätze besetzt sind, aber jetzt ist ja einer frei geworden. Weißt du, Bowles, die ganze Belegschaft hat andere Aufgaben, und jetzt sind wir in der Klemme. Wenn es dir nichts ausmacht, die Tour mit einem anderen zu machen . . ."

„Wer ist es?"

Captain Vandez seufzte und blickte auf ein Stück Papier, das er in der Hand hielt. „Sagdaeff. Juri Sagdaeff."

„Oh." Ich schluckte. „Darf ich Ihnen dazu etwas sagen?"

„Natürlich. Nur zu."

Ich erhielt meinen Milkshake und stellte ihn in eine versiegelte Trageschachtel. Da ich immer noch meinen Anzug trug, brauchte ich nur den Helm aufzusetzen, um so schnell wie möglich aus der Restaurantschleuse hinauszukommen. Dann raste ich durch den rötlichen Methandunst zu unserem Schlafsaal zurück.

Als ich es ihm erzählte, hörte Zak auf zu saugen und machte ein heiseres Geräusch. „Dieser heimtückische Kerl!"

„Wieso?"

„Erinnerst du dich, daß wir ihm von dem Wanderer erzählt haben? Ich weiß genau, wie sein Gehirn funktioniert. Sagdaeff denkt, daß wir durch die Inspektionstour Punkte sammeln wollen. Davon möchte er einen Anteil abhaben."

„Wozu?"

„Der gute Juri will sich bei Captain Vandez beliebt machen und hofft, daß Kommandeur Aarons davon erfährt, wie eifrig er ist. Er ist ja nicht dumm."

„Bist du nicht ziemlich zynisch?"

„Jeder Realist gilt zuerst als Zyniker", meinte Zak würdevoll.

„Du meinst also, ich sollte es nicht machen?"

„Du gibst ihm nur eine Chance. Schließlich sind wir beide schon früher mit dem Wanderer draußen gewesen. Hier weiß schließlich jeder, daß du kein Drückeberger bist."

„Aber die Arbeit muß gemacht werden", sagte ich entschieden. „Die Sache ist wichtiger –"

„Gut, ganz klar." Zak verdrehte die Augen. „Dann zieh mit Juri zum Ruhme der IWA über die Eiswüsten. Ich werde hierbleiben, schreckliche Dinge über dich in mein Tagebuch schreiben und verhungern."

Ich knirschte mit den Zähnen. Ganz leise erhob sich eine Stimme irgendwo in meinem Bewußtsein, und ich war unruhig und gespannt. Doch ich wußte, was meine Pflicht war; also kehrte ich zu Vandez zurück und meldete mich noch einmal freiwillig. Dafür würde ich büßen . . .

In dieser Nacht kam der Traum wieder. Ich hatte schon gehofft, ihn für immer losgeworden zu sein, aber ich hatte mich geirrt: Ich war auf dem sonnengebleichten Schulhof in Costa Mesta. Zwei größere Jungen hatten mich gegen eine Mauer gedrängt. Sie gaben sich betont lässig, mahlten Kaugummi und warfen einander belustigte Blicke zu.

„Du bist ein kluges Kind, was?" fragte der größere. Er legte eine Hand auf meine Brust und stieß mich leicht weg.

Ich machte einen Schritt zurück, um das Gleichgewicht zu halten. Meine Lippen zuckten. „Ich bin nicht blöde, wenn du das meinst."

Der größere sah seinen Freund an. „Sie müssen immer das letzte Wort haben – die kleinen Klugscheißer."

Der zweite Junge versetzte mir einen Hieb gegen die Schulter. Ich wich zurück und fühlte die rauhe Ziegelwand hinter mir. Jetzt standen noch mehr Rowdies hinter den beiden; eine ganze Horde sammelte sich.

„Er fliegt in den Weltraum", sagte der Große. „Er ist zu gut für uns arme Schweine hier im Schlamm."

„Ich sehe überhaupt keinen Schlamm", entgegnete ich. Meine Stimme klang zittrig und weit weg. „Nur Staub."

Der Große wirbelte herum. Seine Hände waren geballt, sein Gesicht hatte sich gerötet. „Du hast immer recht, wie, Kleiner? Vielleicht solltest du einmal Staub *schmecken*."

Er schlug mir ins Gesicht. Ich spürte, wie etwas in meiner Nase zerbrach. Ein anderer boxte mir in die Seite. Plötzlich schrien alle. Ich versuchte, irgend jemanden zu treffen, egal wen. Der größte Junge schob meine Faust beiseite und schlug mich wieder. Er lachte. In meinen Ohren sauste es.

Ich wollte weglaufen. Etwas traf mich in den Magen, und ich stolperte mit ausgestreckten Armen. Die Horde umringte mich. Sie war dicht und eng, und Arme stießen mich von allen Seiten. Sie trieben mich im Kreis herum, verspotteten und beschimpften mich.

Blindlings schlug ich um mich. Ich weinte, flehte und holte in einem roten Nebel aus, der mich zu ersticken drohte. Sie johlten. Dann knallte mir etwas heftig in den Magen, und ich brach zusammen.

Der Lärm schwemmte über mich hinweg. Irgend jemand trat mich, und ich fühlte plötzlich einen stechenden Schmerz in den Rippen. Der Staub verstopfte mir die Nase. Ich rang nach Luft.

Die Welt schwamm unaufhaltsam weg. Ich ächzte, grub die Finger in den Schmutz und rollte mich auf die andere Seite. Das Johlen war wie ein hohles Echo, ein tierischer Chor.

Ich spürte Nässe auf den Lippen und leckte daran. Wahrscheinlich blutete meine Nase. Dann merkte ich, wie etwas auf mein Gesicht plätscherte. Die Kinder lachten und höhnten.

Ich leckte wieder über die zersprungenen Lippen. Dann verstand ich: Es war ein warmer, ätzender Geruch. Der Gestank von Urin . . .

„Matt! Was ist los?" Zak schüttelte mich.

Mir war klar, daß ich gestöhnt haben mußte. Ich schluckte und bemühte mich, langsamer zu atmen. „Ein alter Alptraum."

„Muß ziemlich schlimm sein", sagte Zak mitfühlend.

In diesem Augenblick brauchte ich wirklich einen Freund. Deshalb erzählte ich ihm alles. Ich hatte es noch nie erwähnt, nicht einmal gegenüber meinen Eltern. Aber diesmal war es schlimmer gewesen als je zuvor. Ich mußte einfach mit jemandem darüber sprechen.

„Puh", machte Zak, als ich fertig war. „Das geschah, kurz nachdem deine Familie für das Projekt ausgewählt wurde?"

„Es ist meine letzte klare Erinnerung an die Erde. Ich war damals acht."

„Der Alptraum wiederholt sich also dauernd? Das erklärt eine ganze Menge."

„Erklärt was?"

„Du bist überall in der Büchse als Besessener, als Arbeitstier bekannt. Die Arbeit ist dein Leben, Matt. Die Psychologen sorgen dafür, daß du wie wir alle Freizeit bekommst. Aber sogar hier auf Ganymed – du hast mich doch dazu gebracht, mit dem Wanderer zu arbeiten, stimmt's? Du suchst immer nach einer Aufgabe, nach einer Möglichkeit, dich auszuzeichnen."

„Ja, natürlich", sagte ich gereizt. „Was ist daran so seltsam?"

„Nichts, überhaupt nichts. Aber bei dir ist es eine fixe Idee. Du mußt einfach Erfolg haben."

„Mag sein . . ." Mir war nicht wohl in meiner Haut.

„Wenn du nämlich keinen Erfolg hast, wirst du nicht in die

Mannschaft des JABOL aufgenommen.“ Zak machte eine nachdenkliche Pause. „Du wirst zurück zur Erde geflogen, zu dem Schulhof in Südkalifornien, nicht wahr? – Mit der Hitze, dem Staub und den Größeren, die dich quälen . . .“

„Ach, Quatsch. Hör auf, den jungen Freud zu spielen.“

„Du durchschaust es also wirklich nicht? Hast du dich nie gefragt, warum du gegenüber Juri so nervös und gereizt bist?“

„Weil er ein Lump ist!“

Zak starrte mich an. „Und ein *großer* Lump. Er ist viel größer als du. Ein großer Junge“, meinte er versonnen.

„Hör zu“, sagte ich heftig. „Ich habe nicht die geringste Angst vor ihm. Nur manchmal . . . manchmal packt mich die Wut.“ Ich unterbrach mich. Nun hatte ich es satt, darüber zu sprechen. „Ich muß schlafen.“

„Einverstanden“, sagte Zak, ohne seine Gefühle zu verraten.

Ich rollte mich mit dem Gesicht ins Kissen. Zak klickte das Licht aus. Aber in dieser Nacht fand ich keine Ruhe.

Am nächsten Morgen ging ich durch die verstreuten Gebäude, aus denen der Ganymedstützpunkt besteht. Der Wanderer parkte am Rande des Stützpunktes; die zweite Maschine hatte einen anderen Auftrag und war nicht da.

Das Gefährt war sechs Meter hoch und stand auf sechs Beinen. Die Kabine war ganz oben unter einem blasenförmigen Aufsatz. Die Blase hatte große gekrümmte Fenster, die in alle Richtungen blickten; vor dem Fahrersitz wölbte sich ein besonders breites. Unter der Blase lag die Eingangsleiter, die sich in einem Gewirr hydraulischer Röhren und Schwenkarme fast verlor.

Der Wanderer war hellblau lackiert, um einen Kontrast zum Gelb und Rot des Methangases und Ammoniakeises auf dem Ganymed zu bilden. Die obere Antenne war grün, aus einem Grunde, den ich nie verstanden habe. Unter dem Ansatzpunkt der Vorderantenne war sauber der Name *Wandermieze* gedruckt. Aber alle nannten die Maschine nur die Katze.

„Morgen!" Ich erkannte Captain Vandez' Stimme deutlich in meinem Helm. Er und Juri näherten sich von der anderen Seite des Stützpunktes der Katze.

Auch ich grüßte. Juri salutierte spöttisch.

„Ich glaube, daß ihr Jungs mit ihr fertig werdet", sagte Captain Vandez. Er klatschte auf die Seite der Katze. „Die gute *Mieze* wird euch nicht im Stich lassen, solange ihr sie richtig behandelt. Füllt eure Luft- und Wasserreserven unbedingt an jeder Station auf. Versucht auf keinen Fall, eine zu überspringen und gleich zur nächsten weiterzufahren; das ist unmöglich. Wenn ihr alles an einer Station aufgefüllt habt und dann schlafen geht, dürft ihr nicht vergessen, die Tanks vor eurer Abfahrt zu ergänzen; auch im Schlaf verbraucht ihr Luft. Und keine Kinkerlitzchen. Haltet euch an den Kurs und meldet euch pünktlich jede Stunde über den Funk."

„Sir?"

„Ja, Bowles?"

„Mir scheint, daß ich mehr Erfahrung mit dem Wanderer habe als Juri. Deshalb –"

„Mehr Erfahrung, das stimmt. Du bist schon früher damit gefahren. Aber Sagdaeff hat gestern den ganzen Nachmittag geübt, und ich bin von seiner Geschicklichkeit beeindruckt. Er ist älter als du, Bowles", setzte er ungeduldig hinzu. „Du solltest also seinem Rat folgen, wenn sich Probleme ergeben."

Ich schwieg. Es gefiel mir nicht, aber ich hielt den Mund.

Captain Vandez überhörte mein absichtliches Schweigen. Er klopfte uns beiden nacheinander auf den Rücken und reichte Juri ein versiegeltes Kästchen. „Das sind eure Marschbefehle. Folgt den Karten und haltet die Augen offen. Viel Glück!"

Damit wandte er sich um und eilte zum Stützpunkt zurück. Er war ein vielbeschäftigter Mann. Wahrscheinlich sollte ich es ihm nicht übelnehmen, daß er sich auf den älteren von uns beiden verließ. Meistens wird derjenige, der ein paar Monate mehr auf dem Buckel hat, leichter mit Schwierigkeiten fertig. Nur war ich in diesem Fall anderer Meinung.

„Dann los", sagte Juri und ging mir voran zur Leiter. Wir kletterten hinauf, und ich versiegelte die Luke hinter uns.

Die Kabine, die in den nächsten fünf Tagen unser Heim sein würde, war mit Instrumenten und verschließbaren Speichern vollgestopft. Nur die Fenster – oder besser gesagt, die Bullaugen – waren freigelassen. Der Boden bestand aus durchsichtigen Platten, so daß wir die Beine jederzeit unter Kontrolle hatten. Hereinströmendes Sonnenlicht erhellte die Kabine und ließ die Phosphortafeln an der Decke erbleichen.

Wir schlüpften aus den Anzügen, und Juri breitete die Karten auf dem Tisch aus. Ich setzte mich auf den Fahrersitz und ging schnell die Checkliste durch. Der leichte Atommotor unter unserem Deck war voll aufgeladen; er würde jahrelang laufen, wenn nur von Zeit zu Zeit eines der kreisenden Flüssigkeitselemente ausgetauscht wurde.

„Warum startest du nicht?" fragte Juri. „Ich möchte mir die Karten ansehen."

Ich legte ein paar Hebel um, in die Armaturen vor mir kam Leben. Rote Lichter wurden von grünen abgelöst. Der Motor heulte auf, und ich ließ den Wanderer einige Male „niederknien" – das heißt, ich senkte die Kabine, um die hydraulischen Flüssigkeiten anzuwärmen. Wenn man in der gemütlichen Kabine sitzt, ist es nicht leicht, sich daran zu erinnern, daß die Beine der Katze bei Temperaturen bis zu hundert Grad unter dem Gefrierpunkt funktionieren müssen; aber es kann gefährlich werden, wenn man es vergißt.

Während die Maschine sich warm lief, blickte ich zu der Lebenskuppel hinaus, die sich in der Ferne erhob. Ich konnte Menschen erkennen, die auf Schlitten einen Hügel hinabfuhren, und weiter weg eine Menge bei einer Schneeballschlacht. Solch eine Balgerei macht auf Ganymed mehr Spaß als auf der Erde. Man kann einen anderen aus einer Entfernung von hundert Metern genau treffen, da die niedrige Schwerkraft die Reichweite vergrößert. Wir haben keine Erholungsmöglichkeiten auf Ganymed, die aus dem Rahmen fallen – wie zum Beispiel die Höhlen auf Luna, wo man mit auf den Rücken geschnallten Schwingen in Aufwinde fliegen kann –, aber was da ist, hat Pfiff.

Für einen Moment wünschte ich mir, dort draußen, in der isolierten erdähnlichen Umgebung, zu sein und einen Schneeball zu schleudern, statt den Wanderer über die Eisfelder zu lenken. Ich überlegte mir noch einmal, was Zak am Abend zuvor gesagt hatte. Dann verdrängte ich den Gedanken; jetzt war es zu spät, um einen Rückzieher zu machen.

Ich legte einen Gang ein, und die Katze ging vorwärts. Die Beine bewegten sich gleichmäßig, fanden die Oberfläche des Bodens und paßten sich an; Stabilisierkreise hielten uns in der Balance, und Stoßdämpfer schützten die Kabine vor Erschütterungen.

Ich steuerte den Wanderer gleichbleibend mit vierzig Stundenkilometern vom Stützpunkt weg; auf gröberem Untergrund würde ich das Tempo verringern. Die Morgensonne fiel schräg ein, als wir uns am Ostrand des Tals entlang bewegten. Ich schaltete die Polarisatoren an den Fenstern ein, um das Gleißen zu verringern. *Mieze* warf auf den schiefergrauen Talwänden einen Schatten wie eine huschende Spinne.

Vielleicht sollte ich erklären, was es hier mit dem Morgen auf sich hat; das ist nämlich eine komplizierte Sache. Wenn man zum erstenmal landet, ist es am schwersten, sich daran zu gewöhnen, daß Ganymed ein Mond und kein Planet ist. Er ist mit unsichtbaren Kräften an den Jupiter gebunden, so daß er dem Planeten immer dieselbe Seite zuwendet. Dabei umkreist er den Jupiter, der sich seinerseits um die Sonne dreht. Die Lage ist bedingt mit dem Erde-Luna-System zu vergleichen. Luna zeigt der Erde immer dieselbe Seite und umkreist sie in ungefähr achtundzwanzig Tagen; ein „Mondtag" – ein vollständiger Zyklus von Tag und Nacht – dauert also achtundzwanzig Erdtage. Ganymed umkreist den Jupiter in etwas mehr als sieben Erdtagen, sein „Tag" umfaßt also eine Woche; die Sonne steht für dreieinhalb Tage der Woche am Himmel.

Dadurch entsteht ein ziemlich komplizierter Wochenablauf. Auf dem Stützpunkt wurde verfügt, daß sich der Sonnenaufgang sonnabends um Mitternacht vollzieht. Die Entscheidung ist willkürlich, aber sie garantiert für eine gleichmäßige Woche.

Juri und ich hatten uns am Sonntagmorgen in Bewegung gesetzt. Die Sonne würde bis zum Mittwochnachmittag am Himmel stehen. Während dieser Zeit würde der Jupiter massiv mitten am Himmel hängen wie eine gestreifte Wassermelone.

Nun fluteten die Sonnenstrahlen durch die Bullaugen der Katze. Ich polarisierte sie weiter, um das Gleißen abzuschwächen. Juri blickte von seiner Karte auf und sagte: „Übrigens, dein kleines Manöver vorhin ist mir nicht entgangen."

„Was für ein Manöver?"

„Du brauchst dich nicht dumm zu stellen. Ich habe gehört, daß du Vandez dazu überreden wolltest, dir das Kommando zu übergeben. Nur gut, daß er den Trick durchschaut hat."

„Hm, ich weiß nicht", antwortete ich langsam. „Ich hatte nur den Eindruck, daß du nicht für den Wanderer verantwortlich sein solltest, solange du nicht viel darüber weißt."

„Was gibt's da schon zu wissen? Ich habe alles, was ich brauche, in ein paar Stunden gelernt. Los, aus dem Sitz mit dir."

Ich hielt die Katze an, und Juri schob sich auf den Fahrersitz. Wir hatten das Ende des Tals erreicht und hielten auf eine niedrige Erhebung zu. Hier und dort klebte Ammoniakeis an den Schatten.

Juri startete und hielt sich eng an die gewohnte Route. Das Geheimnis der Lenkung eines Wanderers besteht darin, daß sich die Beine bei jedem Schritt nicht zu hoch auf und nieder bewegen dürfen. Es ist leichter für die Maschine, sich zollweise über eine Steigung zu schieben, als über sie hinwegzurasen.

Das erste, was Juri tat, war, uns direkt am Hang empor zu steuern. Die Beine begannen, sich zu spannen, um unsere Kabine gerade zu halten, und ein jaulendes Geräusch erfüllte die Luft. Die Katze taumelte, machte einen Sturz nach vorne, hielt an und ließ den Motor absterben.

„He!" sagte Juri.

„Kein Grund, überrascht zu sein“, kommentierte ich. „Sie macht nur das, was jede Maschine mit Selbstachtung tut, wenn man Unmögliches von ihr verlangt. Sie streikt. Der automatische Regler hat sich eingeschaltet.“

Juri sagte etwas Unverständliches und stand auf. Ich übernahm wieder und setzte langsam zurück. Dann lenkte ich die Katze vorsichtig um den Fuß des Hügels herum, bis ich die Spuren eines gewundenen Pfades fand, den andere Wanderer hinterlassen hatten. In weniger als einer Viertelstunde hatten wir das nächste Tal erreicht; seine Hügel waren von dem rosigen Glanz der Sonne erleuchtet, die durch eine dünne Ammoniakwolke über uns hindurchfilterte.

6

Wir legten am Sonntag eine beachtliche Strecke zurück. Ich steuerte meist, aber Juri eignete sich allmählich die nötigen Fertigkeiten an, um die Katze zu lenken. Wahrscheinlich hatte ihn Captain Vandez am Tage vorher nur auf dem ebenen Boden um den Stützpunkt herum üben lassen. Der Captain war schließlich ein Raumfahrer, der solcher Kriecherei nichts abgewinnen konnte.

Wir schliefen in der Nacht vom Sonntag zum Montag im Schatten eines hohen Gipfels, der oft als Orientierungspunkt benutzt wurde; die Karten nannten ihn Ad Astra, lateinisch: „zu den Sternen". Als ich die Bezeichnung zum erstenmal hörte, kam sie mir etwas albern vor, aber dann bemerkte ich, daß der Gipfel aus der Entfernung ein wenig an eine Rakete erinnert, wenn man die Augen zusammenkneift.

Bevor wir uns schlafen legten, suchte ich die Station, die unser Ziel war, und parkte die Maschine dort. Die Station wirkte nicht allzu eindrucksvoll; sie bestand nur aus einer automatischen chemischen Trennvorrichtung und einem System von Geräten, mit denen Stichproben gemacht werden konnten. Die chemische Anlage ist lebenswichtig. Sie sammelt den Frost, der auf ihren ausgedehnten Tafeln kondensiert – ungefähr einen Liter am Tag. Dieses Wasser wird automatisch gespeichert. Wenn ein Wanderer vorbeikommt, schaltet der Fahrer seine Luft- und Wassertanks an die Wasserreserven der Station und füllt seine Vorräte auf.

Woher erhält die Station die Luft? Das ist eine ganz geniale Sache. Wasser besteht aus Wasserstoff und Sauerstoff; wenn man es aufspaltet und den Wasserstoff abführt, bekommt man den atembaren Sauerstoff.

Aber Luft besteht nicht nur aus Sauerstoff. Die ersten Raumfahrer fanden heraus, daß die Feuergefahr geringer wird, wenn man auch Stickstoff verwendet. Die Station entzieht daher laufend der sie umgebenden Ammoniakatmosphäre Stickstoff, damit er zur gegebenen Zeit mit dem Sauerstoff vermischt werden kann.

Bevor wir uns niederlegten, schloß ich die Luft- und Wasserschläuche des Wanderers an, klickte einen Kippschalter am Armaturenbrett auf AUFTANKEN und dachte nicht mehr daran.

Am Montagmorgen hatte die Sonne ein Drittel des Weges über den schwarzen Himmel zurückgelegt, und die gestreifte Sichel des Jupiter glich einem breiten Grinsen. Nachdem Juri ein schnell aufzuwärmendes Frühstück gemacht hatte, brachen wir auf.

Unsere Route verlief jetzt nördlich. Wir fädelten uns durch zerfurchte Täler aus Geröll und Ammoniakschneewehen, hielten Ausschau nach allem, was ungewöhnlich sein mochte, und genossen die Landschaft. Unser Ziel war der Rand der „tropischen" Zone des Ganymed – der Gürtel am Äquator, wo der Fels freiliegt. Hinter diesem Gürtel sind die Ammoniakeisfelder.

Die Temperatur fällt ständig, wenn man den Äquator hinter sich läßt. Wäre der Wanderer in der Lage gewesen, uns so weit zu befördern, hätten wir Gebirgspässe in der Nähe des Nordpols erreicht, deren Temperatur bei fast minus dreihundert Grad Celsius lag.

Langsam und stetig schiebt der Mensch die „tropische" Zone zu den Polen vor. Ganymed erwärmt sich.

Wir vermieden das Gelände in der Nähe der Fusionskraftwerke. Die riesigen Reaktoren sondern enorme Mengen von Hitze und Gas ab. Bei ihnen schmilzt das Eis und bildet quirlende Ammoniakströme.

In einem halben Jahrhundert wird sich alles Eis umgewandelt haben, und die Giftgase werden verbrannt sein. Weitere fünfzig Jahre danach wird es Luft, Landwirtschaft und Menschen auf dem Ganymed geben. Vielleicht werde ich das noch erleben – oder vielleicht werde ich dann schon in einem Wanderer auf dem Titan, dem mächtigen Mond des Saturn, sein.

Noch war Ganymed alles andere als freundlich. Unsere Kabinenheizung war dauernd angestellt, um die Kälte abzuwehren, die hereinsickerte.

Im Laufe des Morgens machten wir in einem engen Tal halt, und ich streifte den Raumanzug über. Das Instrumentensystem, das ich prüfen mußte, war einen Kilometer entfernt, auf halber Höhe eines Steilhangs. Die Strecke war zu gefährlich für den Wanderer.

Ich war froh, etwas Bewegung zu bekommen. Ammoniaknebel stiegen aus dem Tal empor und umkränzten die Gipfel vor mir. Ich war von dem Anblick so hingerissen, daß ich fast an den Instrumenten vorbeigegangen wäre, die aus einem Metallkästchen mit in alle Richtungen weisenden Schaufeln und Röhren bestanden. Ich öffnete das Kästchen und nahm den Satz Reagenzproben heraus, den ich zurückbringen sollte. Auf der Karte war bei diesem System ein rotes Zeichen; daher sah ich es mir genauer an.

Ich entdeckte, daß sich ein Kiesel in der Mitte des Wassersammlers festgesetzt hatte; wahrscheinlich war er bei einem der Minibeben des Ganymed dort hineingeraten. Dann ersetzte ich ein defektes Ventil im Sauerstofftestgerät und marschierte zurück zum Wanderer.

Nachdem ich den Anzug abgelegt hatte, stellte ich die vorgeschriebene stündliche Funkverbindung mit dem Stützpunkt her. Eine vertraute Stimme antwortete.

„Zak!" sagte ich. „Vernachlässigst du etwa deine literarische Karriere, um Funkwache zu halten?"

„Witzbold. Mit einem kaputten Knöchel läßt sich nichts anderes tun. Wie kommt ihr beide zurecht?"

„Gut. Könntest du die Instrumente abhören, die ich gerade repariert habe?"

„Klar, eine Sekunde. Ja, sie senden jetzt deutliche Signale."

Wir unterhielten uns ein paar Minuten lang. Es gab keine wichtigen Nachrichten von der Büchse, und Zak schien etwas gelangweilt.

Juri stieß mich an. „Wollt ihr überhaupt nicht aufhören?"

„Ende, Zak", sagte ich und legte das Mikrophon weg. „Bist du sauer, Juri?"

„Nein", erwiderte er, ohne mich anzusehen. „Ich finde nur, daß ihr die Wellen nicht mit nutzlosem Geschwätz verstopfen solltet."

Mir schien, daß er sich ärgerte, weil Zak nicht darum gebeten hatte, mit ihm zu sprechen. Nichts läßt einen so sehr die Einsamkeit fühlen wie ein paar Tage in der Einöde des Ganymed. Sogar Juri konnte nicht ohne Freunde auskommen.

Wir hielten an diesem Tag einige Male an, um Instrumente zu kontrollieren. Die meisten von ihnen waren mindestens ein paar hundert Meter außer Reichweite des Wanderers. Sie sind deshalb so hoch angebracht, um sie vor den Ammoniakströmen zu schützen, die sich manchmal hinab in die Täler ergießen. Juri und ich wechselten einander bei den Kontrollgängen ab; der Wanderer darf nie allein gelassen werden.

Ich fand eine Apparatur, die einem Beben zum Opfer gefallen war. Der Boden unter einem ihrer Beine war um einen halben Meter gesunken, und die Instrumente balancierten am Rande einer Vertiefung. Alle Teströhrchen waren zerbrochen.

Als Juri zum drittenmal hinausgegangen war, kam er mit leeren Händen zurück. Er hatte die Meßgeräte nicht finden können. Ich verletzte die Vorschriften ein wenig – die Stelle war nicht weit vom Wanderer entfernt –, indem ich ihm hinausfolgte.

„Ich erinnere mich an diese Stelle", sagte ich. „Wir sind einmal hier vorbeigekommen. Die Instrumente sind direkt hinter dem Vorsprung."

„Jetzt nicht mehr." Wir standen vor einem Sockel aus gelbem Felsen mit darum verstreuten Brocken.

„Was stimmte nach der Karte damit nicht?"

Juri blickte sich ungeduldig um. „Seit ein paar Monaten sendet die Anlage nicht mehr. Das ist alles, was sie wissen."

Ich wandte mich um, um zurückzukehren. „Nun, wir – Moment mal! Ist das nicht ein Faraday-Käfig?" Ich bückte mich und hob ein kleines glockenförmiges Metallstück auf, das im Staub gelegen hatte. „Gewöhnlich ist einer oben auf den Geräten angebracht."

Ich schaute den nächstliegenden Felsbrocken an. Er mußte mindestens eine Tonne wiegen, sogar auf Ganymed. „Ich wette, daß ich weiß, wo unsere Instrumente sind."

Wir fanden ein weiteres Stück Metall, das unter dem Brocken

eingeklemmt war. Ich ging zurück und holte ein Ersatzgerät. Wir brauchten eine Weile, um es anzubringen. Diesmal achteten wir darauf, daß es nicht unter einen Überhang geraten konnte.

Es war nicht einfach, die Peilung der Apparate auf den Stützpunkt einzustellen, da wir uns in einer niedrigen Rinne befanden und die Signale vom Stützpunkt zunächst über den Wanderer als Relais laufen lassen mußten. Diese Arbeit nahm einen großen Teil des Tages in Anspruch.

Das nächste System, das wir kontrollieren mußten, lag einen Kilometermarsch von unserer Übernachtungsstation entfernt. Zuerst wollten wir bis zum Morgen damit warten, aber dann wurde ich unruhig und beschloß, zu der Stelle hinauszugehen.

Jupiter hörte gerade auf, die Sonne zu verdecken, als ich mich aufmachte. Ich blieb stehen, um zu beobachten, wie sich die Sonne hinter dem Jupiter hervorschob. Plötzlich hatte der Planet einen rosigen Kranz; wir blickten durch die äußeren Ränder der Atmosphäre. Die Büchse war nicht mehr als ein fernes weißes Glitzern.

Ich folgte einem Flußbett und wurde irgendwie an einen frühen Morgen auf der Erde erinnert. Als die Sonne hinter dem Jupiter durchgebrochen war, leuchtete alles auf; das Licht wechselte vom trüben Rot zu tiefem Gelb. Jeder Gegenstand wirkte frisch und klar umrissen. Die Sonne bildete einen heftig funkelnden Punkt. Verschwommene Halbschatten, wie man sie auf der Erde kennt, fehlten völlig.

Ich fand die Meßgeräte und stellte fest, daß der Sender einen neuen Schaltregler benötigte. Am Stützpunkt hatte man das Problem erraten und mich angewiesen, einen Regler mitzunehmen. Aber das interessierte mich weniger. Diese Apparatur lag in der Mitte eines angelegten Feldes. Zwei Jahre zuvor hatte eine Gruppe von Biologen das Gelände mit Mikroorganismen „bepflanzt". Sie waren im Labor speziell vorbereitet worden, so daß sie sich unter den Bedingungen des Ganymed entwickeln konnten und – hoffentlich – Sauerstoff erzeugen würden.

Ich war etwas enttäuscht, als ich keinen ausgedehnten grünen

Teppich vorfand. Hier und dort zeigten sich graue Flecke auf dem Boden. Sie waren so hell, daß man sie nur erahnen konnte, doch sonst zeigte sich überhaupt nichts. Die Organismen waren abgestorben.

Das Dumme ist, daß man als Optimist immer zuviel erwartet. Es war ein Wunder der Biotechnik, daß hier überhaupt etwas überleben konnte. Ich zuckte die Achseln und machte mich auf den Rückweg.

Die Katze kam schon in Sichtweite, als ich hinten in der Kehle plötzlich ein Jucken spürte. Mein Blick glitt hinab zu den Skalen, die unterhalb meines transparenten Sichtschirms angebracht waren. Die Feuchtigkeitsanzeige stand auf Null. Ich runzelte die Stirn.

Jeder Anzug hat eine Schleuse im Atmungssystem, durch die Wasser zirkuliert und die Feuchtigkeit aufrechterhält. Mein Anzug hatte kein Wasser mehr. Das ist eine Kleinigkeit, aber das Jukken bedeutete, daß ich mir einen Raumkatarrh geholt haben konnte.

Ich legte einen Schritt zu. Raumkatarrh ist keine Krankheit, sondern ein natürliches Risiko für jeden, der künstliche Luft atmet. Die Luftflaschen auf dem Rücken meines Anzugs waren den Temperaturen des Ganymed ausgesetzt. Sie lassen das Wasser darin gefrieren. Wenn die kalte Luft in den Anzug eindringt und angewärmt wird, muß ihr etwas Wasserdampf hinzugefügt werden, damit Nase und Rachen nicht austrocknen. Ein trockener Rachen ist ein Festmahl für alle möglichen Bakterien. Wenn man glimpflich davonkommt, handelt man sich nur einen Katarrh ein, der ein paar Tage dauert.

Der Wanderer parkte an der Station. Ich kletterte die Leiter hinauf und gelangte durch die enge Schleuse in die Kabine.

„Du kommst gerade rechtzeitig zum Bankett", sagte Juri.

„Hoffentlich kann ich etwas schmecken."

„Wieso?"

Ich öffnete den Mund und zeigte mit dem Finger darauf. Juri schaute hinein, wandte meinen Kopf dem Licht zu und überzeugte sich noch einmal. „Es ist ein bißchen rot. Du solltest dich darum kümmern."

Ich holte die Erste-Hilfe-Tasche und nahm ein betäubendes Rachenspray heraus. Es schmeckte metallisch, erfüllte aber seinen Zweck. Kurz darauf tat mir das Schlucken nicht mehr weh.

Es überraschte mich, was Juri aus unseren Rationen machen konnte. Wir aßen dünne Scheiben Hühnerfleisch mit dicker Pilzsoße, grüne Bohnen, die noch knackig waren, und gebratenen Reis. Darauf folgten Erdbeertorte mit Schlagsahne und ein Becher mit heißem Tee.

„Kompliment", sagte ich. „Das war zweifellos das beste Essen innerhalb von ein bis zwei Millionen Kilometern." Mir war schwindelig.

„Was für ein Kompliment!" meinte Juri. „Das heißt, ich bin besser als das Restaurant am Stützpunkt."

„Wie Zak sagen würde, ‚Dankbar sei der Mensch auch für die kleinste Ehre', oder so ähnlich." Ich erhob mich von dem Ausziehregal, das wir als Tisch benutzten. Der Raum begann, sich zu drehen. Ich streckte die Hand aus, um das Gleichgewicht zu halten.

„He!" rief Juri. Er sprang auf und packte meinen Arm. Der Raum nahm wieder normale Konturen an.

„Es – es ist nichts. Bin nur etwas schwindelig."

„Du bist blaß."

„Das Licht hat hier nur wenig ultraviolette Strahlen. Ich verliere meine Sonnenbräune", sagte ich mit belegter Zunge.

„Das kann nicht der einzige Grund sein."

„Du hast recht. Ich werde mich früh hinlegen."

„Nimm irgendein Medikament. Ich glaube, du hast Raumkatarrh."

Ich grinste schwach. „Vielleicht liegt's an dem, was ich gegessen habe." Ich zog an einem Ring, und meine Klappkoje kam herunter.

Juri brachte die Erste-Hilfe-Tasche zu mir. Ich saß auf der Koje, zog mich aus und machte mir vage Gedanken darüber, woher die zweite Hilfe kommen würde, wenn die erste fehlschlug. Dann schüttelte ich den Kopf; die Denkfabrik war für die Nacht geschlossen.

Juri gab mir eine Pille, die ich hinunterschluckte, und eine Tablette, die ich lutschen mußte. Schließlich glitt ich unter die Decke und ertappte mich dabei, daß ich ein paar Ziffern und Instruktionen studierte, die auf die Kabinendecke gedruckt waren. Bevor ich herausgefunden hatte, was sie bedeuteten, war ich eingeschlafen.

Am nächsten Morgen fühlte ich mich viel besser. Juri weckte mich und gab mir eine Schüssel mit warmer Brühe. Er saß auf einem Klappstuhl und sah mir beim Essen zu.

„Ich muß bald den Stützpunkt anrufen", sagte er.

„Mmh."

„Ich weiß nicht, was ich sagen soll."

„Oh, du meinst meinetwegen?"

„Ja."

„Wenn Captain Vandez glaubt, daß ich wirklich krank bin, bläst er den Rest der Fahrt ab. Dann müssen wir zurück."

„Das dachte ich mir."

„Tust du mir einen Gefallen? Sprich nicht davon, wenn du anrufst. Ich fühle mich schon besser. Es wird keine Probleme geben."

„Hm . . ."

„Bitte."

„In Ordnung. Ich will nicht, daß diese Fahrt ruiniert wird, nur weil du dich nicht in acht genommen hast." Er schlug sich auf die Knie und stand auf. „Ich rufe jetzt durch."

„Mächtig nett von dir", murmelte ich und döste eine Weile vor mich hin. Obwohl es mir besser ging, war ich immer noch ein wenig schwach. Ich hörte, wie Juri kurz mit Zak sprach.

Ich folgte auf der Karte der Route, die heute vor uns lag. Die nächste Station war ziemlich weit weg, und wir brauchten nur ein Meßgerät zu kontrollieren. Die meiste Zeit würde damit vergehen, die Entfernung zur Station zurückzulegen, aber das hatte seine Vorteile, da ein Besatzungsmitglied nicht auf dem Posten war.

„Juri", sagte ich, „sieh nach, ob unsere Tanks mit Luft und Wasser gefüllt sind. Es ist sehr weit bis zur nächsten –"

„Bowles, du bist vielleicht krank, aber das heißt noch lange nicht, daß du mir Befehle geben kannst. Ich werde es schon schaffen."

Ich drehte mich auf die Seite und versuchte zu schlafen. Dann hörte ich, wie Juri seinen Anzug anlegte und hinausging. Etwas später klickte es zweimal schwach, als sich die Schläuche von der Station lösten. Juri kam zurück, zog den Raumanzug aus und ließ sich auf dem Fahrersitz nieder.

Die Katze taumelte und bewegte sich darauf stetig vorwärts. Ich beschloß, mir keine Sorgen zu machen und Juri für eine Zeitlang die Sache zu überlassen. Zwar ging es mir besser, aber noch ein Nickerchen würde mir nicht schaden. Ich ließ mich vom sanften Schwanken des Wanderers in den Schlaf wiegen.

Gegen Mittag wachte ich auf. Wahrscheinlich war ich doch müder gewesen, als ich gedacht hatte. Juri warf mir eine automatisch erwärmte Dose mit Corned beef zu; ich öffnete sie und verschlang den Inhalt sofort.

Die nächste Stunde brachte ich damit zu, einen Roman zu lesen. Oder besser gesagt, ich versuchte es. Wieder döste ich ein und wachte mitten am Nachmittag auf. Die Medikamente hatten starke Beruhigungsmittel enthalten.

Ich stand auf, zog meinen Overall an und ging zum Armaturenbrett hinüber. „Ging" ist nicht ganz der richtige Ausdruck. Da meine Koje und der Tisch heruntergeklappt waren, ähnelte die Katze einer geräumigen Telefonzelle. Ich setzte mich neben Juri.

Wir waren auf einer flachen, schwarzen Ebene und kamen gut voran. Eine dünne Schicht Bodenkrume – oder Staub – wurde von den Füßen der Katze bei jedem Schritt aufgewirbelt. Der Staub entsteht durch den Gefrier- und Tauzyklus des Ammoniakeises in den Felsbrocken. Auf diese Weise zersetzen sich die Felsen des Ganymed allmählich; sie werden zu Kieseln und kleinen Bruchstücken und schließlich zu Staub zerrieben. In etwa einem Jahrhundert wird jemand auf dem Zeug Weizen anbauen.

Juri machte einige Bemerkungen über unsere Route. Er hatte schon den Kurs für morgen geplant. Ich bewunderte die Aussicht – der Schatten von Io war ein winziger Punkt auf den hellroten Bändern des Jupiter; gelegentlich schaute ich auf die Armaturen. Plötzlich fiel mir etwas auf. „He!" sagte ich. „Was ist mit dem Luftmesser los?"

Juri warf einen Blick darauf und konzentrierte sich plötzlich. „Er ist ein bißchen niedrig."

„*Niedrig?* Er ist fast bei Null!"

„Ich –"

„Hast du ihn dir heute überhaupt ein einziges Mal angesehen?"

„Ich habe ihn heute morgen kontrolliert."

„Blödmann! Du darfst ihn nie aus den Augen lassen!"

„Ich verstehe nicht, wieso wir so wenig Luft haben." Er blickte wieder auf unseren Weg.

„So? Dann werde ich's dir sagen. Du hast die Schläuche an der Station falsch angeschlossen. Wahrscheinlich hast du vergessen, die Handkontrolle herauszuziehen, als du draußen warst. Dann füllen sich die Lufttanks nämlich nicht mit äußerstem Druck auf."

Juri runzelte die Stirn und zögerte.

„Das stimmt doch, nicht?" fragte ich.

„Kann sein", sagte er.

Ich las sorgfältig ab, wieviel Luft noch in den Tanks war, und kritzelte einige Zahlen auf ein Schreibbrett.

„Was kommt dabei heraus?"

„Wir schaffen es nicht bis zur nächsten Station."

„Was ist mit unseren Anzügen? Vielleicht reicht der Luftvorrat in ihnen aus."

„Hast du deinen wieder aufgeladen, als du zurückkamst?"

„Nein."

„Ich auch nicht."

„Wir werden ja sehen."

„Ja, ja." Ich las die Skala meines Anzugs. Juris hatte weniger

Luft als meiner, und sogar zusammengenommen kam dabei nicht viel heraus. Ich jonglierte auf dem Brett mit den Zahlen, aber es gab keinen Ausweg: Wir saßen in der Patsche.

Juri hatte das Tempo des Wanderers vergrößert. Wir hüpften über die Tafeln aus schwarzem Felsen in ein breites Tal. Ich teilte ihm meine Schlußfolgerung mit.

„Du hast wahrscheinlich recht", sagte er nach einer Weile. „Wir können die nächste Station nicht erreichen. Am besten rufen wir den Stützpunkt an und bitten um Hilfe."

„Davon halte ich nichts."

„Wieso? Es bleibt uns nichts anderes übrig."

„Ist dir klar, was Captain Vandez tun muß, um uns aus der Klemme zu holen? Die Atmosphäre des Ganymed ist nicht dicht genug für ein Flugzeug mit Tragflächen. Der Stützpunkt muß für alle Transporte seine Ionenrakete benutzen. Jemand müßte hierher fliegen und Lufttanks mit ferngesteuerten Lastraketen zu uns abwerfen."

„Ich verstehe." Juri warf mir einen vorsichtigen Blick zu. „Das würde Kommandeur Aarons überhaupt nicht gefallen, oder?"

„Davon ist gar nicht die Rede. Es geht darum, daß man eine Menge Schwierigkeiten auf sich nehmen müßte, um einen dummen Fehler zu korrigieren."

Juri schwieg. Der Wanderer schaukelte weiter über die brüchige Oberfläche.

„Vielleicht bist du anderer Meinung", meinte er, „aber ich habe nicht vor, hier draußen zu sterben." Er streckte die Hand nach dem Mikrophon aus.

„Warte", sagte ich. „Vielleicht . . ."

„Ja?"

„Zeig mir die Karte." Ich studierte sie und zeigte dann auf einen Punkt. „Da, siehst du die Rinne, die von diesem Tal abzweigt?"

„Sicher. Na, und?"

Ich zog eine gerade Linie von der Rinne über die Hügel zur nächsten weiten Ebene. Die Linie lief durch einen roten Fleck jenseits der Hügel. „Das ist eine Station. Ich bin schon einmal dagewesen; wir sollen in zwei Tagen auf dem Rückweg dort ankommen. Aber ich kann es zu Fuß von dieser Rinne aus schaffen, wenn ich über die Hügel marschiere. Es sind nur sieben Kilometer."

„Das ist unmöglich."

Ich sah mir die Karte noch etwas eingehender an. Nach einer Weile sagte ich: „Ich kann es schaffen. Den größten Teil der Strecke über kann ich verschiedenen Flußbetten folgen. Dadurch vermeide ich viele Kletterpartien." Ich bediente den Rechner. „Sogar wenn man die zusätzliche Anstrengung berücksichtigt, sollte unser Sauerstoff reichen."

Juri zuckte die Achseln. „Okay, Pfadfinder. Aber laß mir genug Sauerstoff hier für die Zeit, wenn du weg bist, und noch etwas mehr, damit mich eine Rakete vom Stützpunkt erreichen kann, falls du draufgehst."

„Warum kommst du nicht mit?"

„Ich bin dafür, jetzt sofort den Stützpunkt zu rufen. Aber ich will gern hier darauf warten, ob dein Plan gelingt – ohne mich einen Zentimeter von der Stelle zu rühren. Ich gehe nicht gern ein Risiko ein."

„Es ist gut möglich, daß auch die Rakete eine Panne hat und abstürzt. Auf meine Art helfen wir uns wenigstens selbst und brauchen nicht herumzusitzen und auf Unterstützung zu warten."

„Du hast meine Bedingungen gehört, Bowles. Wenn du gehst, gehst du allein."

Ich zog eine Grimasse. Es war eine lausige Situation, aus der es keinen angenehmen Ausweg gab. „Juri . . .", begann ich.

„Halt's Maul, Bowles. Ich werde mich nicht auf einen verrückten Plan einlassen, um deinen Stolz zu retten."

„*Stolz?*" stieß ich zwischen zusammengebissenen Zähnen hervor.

Juri lehnte sich lässig in den Fahrersitz zurück. „Du mußt einfach immer der erste sein. Matt Bowles, Muttis Lieblingskind. Du mußt immer gewinnen. Zum Teufel, guck dir nur an, was du in den Ferien machst – die Schmutzarbeit für Ganymed."

„Ich tue es, weil ich Spaß daran habe."

„Dann bist du blöder, als du aussiehst, Musterknabe."

„Du dummer Hund –"

„Nicht melodramatisch werden, Jungchen." Er schaute mich nachdenklich und berechnend an, aber ich war zu wütend, um mir zu überlegen, was er meinte. „Los, wir verschwenden Sauerstoff. Was soll also siegen? Die Vernunft oder dein Stolz?"

„Du verdammter Lump –"

„Ja, Muttersöhnchen?"

Jetzt kochte ich vor Wut. Ich hätte ihm eine Ohrfeige geben sollen, aber als ich die Hand hob, zuckte etwas in mir zurück. Wieder sah ich vor mir die blendende Mittagssonne, den ausgetrockneten Schulhof und die Bande, die mich verprügelte –

Ich hielt mich zurück. Nur weg von hier, dachte ich. Mir wurde nicht bewußt, daß Juri mich genau dahintrieb, wohin er wollte.

Ich wirbelte herum und riß meinen Anzug von der Kabinenwand. Ich dachte nicht nach, sondern ich handelte.

Die Kälte schlich sich in meine Beine. Vage nahm ich die rötlichen Eistafeln, den grauen Felsen und den schwarzen Himmel wahr – und dazu ständig das dünne Rasseln meines Atems, meiner Kehle, die vom Husten heiser war. Die Luft in meinem Helm war dicht und übelriechend. Ich stolperte langsam dahin.

Stolz. Wieder stieg Wut in mir auf, und ich beschleunigte meine Schritte. *Stolz*. Ich würde es dem Schuft zeigen. Ich wollte ihm beweisen, daß ich mutiger und klüger als er war, daß ich mich vor nichts fürchtete. Ich –

Das Geröll unter meinem Stiefel begann nachzugeben, so daß ich fast das Gleichgewicht verloren hätte. Ein kleiner Erdrutsch nahm mir meinen Halt, aber ich hatte keine Zeit, mich auszuruhen. Ich mußte mich weiter den Hang hinaufarbeiten, obwohl ich schwitzte und mein Atem stoßweise ging.

Nur sieben Kilometer. Eine lächerliche Entfernung. Mir schien, daß sieben Jahre vergangen waren, seit ich die Katze verlassen hatte. Dabei hatte ich noch nicht einmal mit dem Aufstieg auf die Ebene begonnen.

Ich kämpfte mich an der Seite einer Sanddüne hoch, mein Atem riß an meiner Kehle. Das Flußbett, das die Karte verzeichnet hatte, war verschwunden, und ich quälte mich über brüchiges Hügelgelände. Jede Viertelstunde meldete ich mich bei Juri, aber ich wollte verflucht sein, wenn ich ihn um Hilfe bat. Stolz kommt vor den Fall, haha. Mein Rachen schmerzte, meine Nase tropfte, und meine Augen juckten. Alles schmeckte nach Öl – die Luft, die Verpflegung, das Wasser.

Steine und Sand knirschten unter meinen Stiefeln, kamen ins Rutschen und raubten mir Balance und Tempo. Ich mühte mich den Aufstieg hinauf und streckte die Arme aus. Einige im Schlick vergrabene Brocken halfen mir. An ihnen konnte ich mich hochziehen. Die graue Linie der Spitze näherte sich allmählich, während ich dahintorkelte und mir meine eigene Dummheit vorwarf. Die Spitze versprach mir nichts. Ein paar Felsen lagen dort planlos durcheinander und boten Schneeflecken Schutz.

Dann hatte ich sie erreicht.

Ich blickte nach vorn, den Hang hinab. Die blaue Station grüßte gelassen aus der Ferne. Sie lag zwei Kilometer vor mir an einem breiten Streifen aus nacktem Felsen. Ich konnte in einer halben Stunde dort sein.

Ich hatte gewonnen.

Was hatte ich gewonnen? Für wen? Warum hatte ich es getan?

7

Ich holte also zusätzlichen Sauerstoff aus der Station, ruhte mich aus, aß und marschierte zurück. Es war eine enttäuschende Rückkehr – Juri sprach fast kein Wort. Ich sagte mir, daß er verlegen sein mußte. Auch ich fühlte mich nicht besonders behaglich in seiner Gegenwart . . . vorsichtig ausgedrückt.

Am Mittwoch, bei Sonnenuntergang, fuhren wir schon nach Süden und hielten auf den Stützpunkt zu. Es gibt keine echte Nacht auf Ganymed, weil der Jupiter vor ihm steht und 100mal stärker als der Vollmond auf die Erde niederscheint. Schließlich nimmt er ein 250mal größeres Stück des Himmels ein als Luna. Die Nacht besteht aus einer Art gelblichem Zwielicht; die gezackten Täler wirken malerisch wie eine Geisterlandschaft.

Spät am Donnerstagabend kamen wir am Stützpunkt an. Wir hatten das Pensum ein wenig überschritten und waren erschöpft. Zak stand draußen und wartete auf uns. Bei ihm war der Mechaniker, der die Katze überprüfen würde, um sicherzugehen, daß wir sie nicht zu Tode gejagt hatten. Mechaniker sind wie Hennen, die über ihren Maschinen glucken; dieser stocherte eine halbe Stunde lang herum, bevor er uns entließ. Weder Juri noch ich erwähnten das Problem mit den Lufttanks, denn sonst hätte sich wahrscheinlich jemand gewundert, daß wir es nicht früher gemeldet hatten. Heute wollte ich nichts mehr mit dem Amtsschimmel zu tun haben. Aber ich erzählte Zak beim Abendessen davon.

„Es macht mich traurig, Matt, mein Junge, daß du dir schlechte Angewohnheiten zulegst. Die Vorschriften sagen deutlich, daß diese kleinen Dramen gemeldet werden sollen.“ Er warf mir einen prüfenden Blick zu. „Andererseits ist der schöpferische Umgang mit den Vorschriften eine Kunstform, die wir alle früher oder später lernen müssen.“

„Wenn ich es mir jetzt überlege, bin ich nicht so sicher, daß ich richtig gehandelt habe.“

„Betrachte es als eine wertvolle und lehrreiche Erfahrung“, sagte Zak großartig.

„Mein Gewissen beunruhigt mich."

„Oh? Was für ein Gefühl ist das? Ich habe meines zusammen mit dem Blinddarm herausnehmen lassen."

„Das habe ich mir gedacht."

„Ich glaube, daß ich deinen Seelenfrieden wiederherstellen kann, Matt. Juri hat über alles Meldung gemacht, nachdem es passiert ist."

„So?"

„Du weißt doch, daß ich Funkwache hatte. Laß mich die Enzyklopädie des Wissens befragen." Er nahm den Hefter, der neben ihm auf der Bank lag, in die Hand. „Dann wird alles klar werden."

„Was ist das?"

„Mein Tagebuch. Ich vermute, daß du nicht von oben nach unten lesen kannst? Gut, dann sind meine Geheimnisse sicher." Er öffnete den Hefter und fuhr mit dem Finger bis zur richtigen Eintragung. „Ach ja, du riefst mich an und sagtest nichts, was verdient hätte, mit einer Zeile unsterblich gemacht zu werden. Hm. Dann meldete sich Juri – er meinte, daß du draußen bei einem Meßgerät seist – und bat darum, mit Captain Vandez zu sprechen. Über eine Privatverbindung." Er hob eine Augenbraue. „Interessant."

„Juri hat also doch alles berichtet. Ich hätte nicht gedacht, daß er dazu fähig wäre."

„Ich auch nicht. Vielleicht ist er doch kein so übler Bursche."

„Hm. Kein Kommentar."

„Zyniker."

„Mmh."

Bevor die *Sagan* abhob, gelang es mir noch, einen Morgen lang Ski zu laufen. Es machte mir Spaß, meine Ohren von einem frostigen Wind peitschen zu lassen, während ich mich in die Kurve legte und eine Spur über den Hang zog. Alle waren in der Kuppel, um sich zum letzten Mal etwas zu bewegen. Eine Stunde vor dem Start entwickelte sich eine mächtige Schneeballschlacht. Nachdem mich zwei Geschosse hintereinander am Kragen erwischt hatten, gab ich auf und ging zu meiner Koje, um zu packen.

Der Start verlief ohne besondere Vorkommnisse. Als Captain Vandez uns erlaubte, unsere Sitze zu verlassen, schrumpfte Ganymed schon rapide zusammen. Zak und ich konnten durch den orangefarbenen Dunst die Einzelheiten der Oberfläche nicht mehr erkennen. In der Ferne sahen wir einige der anderen Monde, doch es sind nur kleinere Ausgaben des Ganymed ohne Atmosphäre.

Insgesamt gibt es neunundreißig Jupitermonde, die einen Durchmesser von mehr als zehn Kilometern haben, und eine Menge kleinere. Als frühere Expeditionen Nummer acht erreicht hatten, waren sie der ganzen Sache überdrüssig geworden, und niemand ist jemals auf den letzten vier relativ großen gelandet. Warum auch? Wer sie aus der Nähe betrachten will, kann das ohne weiteres mit Hilfe des großen Laborteleskops, des „Fernauges" – wenn er sich die Zeit zu seiner Benutzung sichern kann.

Kurz bevor die *Sagan* am Labor anlegte, wachte ich auf. Zak war beim Verfassen eines Gedichts eingeschlafen, lag über zwei Sitzen, balancierte auf dem Rand und war nahe daran, in den Gang zu fallen. Ich weckte ihn mit einem Rippenstoß, und wir stellten uns in die Schlange an der Luftschleuse.

Die *Sagan* war über der Büchse verankert. Als ich aus der Schleuse kam, blickte ich durch das Rohr einer gewaltigen Kanone – so schien es jedenfalls. In Wirklichkeit schaute ich von oben nach unten durch den hohlen Mittelteil der Büchse, die Schiffswerkstatt. Am anderen Ende konnte ich rote und weiße Sterne sehen und vor ihnen die dunklen Umrisse von Fähren und Flitzern, die im Achsenzylinder schwebten und überholt wurden.

Ich packte ein Fallseil und schoß zu der Besatzungsschleuse hinüber, aus der wir neun Tage zuvor herausgekommen waren. Die Woche auf Ganymed hatte meine Beine ein wenig an den Boden gewöhnt und mir das Gefühl gegeben, daß eigentlich ein oben und unten da sein müßte. Deshalb suchte ich dauernd nach einem Bezugspunkt. Der Durchgang durch die Mannschaftsschleuse verwirrte mich noch mehr: Für einen Moment war ich davon überzeugt, nach unten zu fallen. Ich kann nicht erklären, wieso; es ist einfach ein Reflex. Auch Zak spürte es. Als er durch die Schleuse kam, begann er, mit den Armen zu rudern, um das Gleichgewicht zu halten. Als er dadurch aber nur ins Trudeln kam, gab er es wieder auf.

Wir folgten dem Seil durch verschiedene Röhren und erreichten schließlich einen großen Raum.

„Aha, meine Herren. ‚Und der Jäger ist zurück von den Bergen.' Willkommen zu Hause."

Ich drehte mich um. Ishi lächelte mich an.

„Als erstes, wenn er mich trifft, muß er natürlich die Konkurrenz zitieren", spöttelte Zak und schüttelte Ishi die Hand.

„Du siehst dünner aus", bemerkte ich. „Viel Arbeit?"

„Was gibt's Neues?" fragte Zak.

„Nicht viel. Wir haben wieder eine Tauchsonde in der Jupiteratmosphäre verloren, aber sie hat nichts Neues gefunden, bevor sie versagte. Nein, Matt, ich hatte nicht viel zu tun. Aber ich muß heute abend hinaus, um eine Einstellung an einem Satelliten in Ordnung zu bringen."

„Heute abend? Also während der Amateurvorstellung?" fragte ich.

„Richtig. Wie ich höre, wirst du Gitarre spielen. Tut mir leid, daß ich's verpasse."

„Nicht so wichtig", meinte Zak. „Ich habe ihn üben hören."

„Oho! Musikkritiker bist du also auch?"

„Komm, Ishi, solche Trottel erkennen einen Renaissancemenschen nicht einmal, wenn er vor ihnen steht."

„Warte, wir müssen noch unser Gepäck holen."

Die Tafel hinter mir wurde zur Seite geschoben, und zwei Männer brachten ein Gepäcknetz herein. Sie öffneten einen Knoten, so daß die Koffer langsam herausrollten; in einem Feld von einem zehntel G konnte nichts beschädigt werden. Ich entdeckte unser Gepäck ganz oben auf dem Stapel und streckte die Hand danach aus.

„Ihr Jungen steht direkt vor meinen Koffern", sagte eine bekannte Stimme.

„Das sind unsere“, korrigierte Zak.

„Glaubt ihr, ich kenne mein eigenes Gepäck nicht? Captain! Captain Vandez!“

„Der Captain ist nicht hier, Madam“, antwortete ein Mann.

„Ich verlange –“

„Hier ist dein Koffer, Zak“, sagte ich. „Ishi, fang!“ Ich warf ihm eines meiner Gepäckstücke zu und packte Zaks zweites.

„Lassen Sie sie nicht weg. Sie haben einen meiner –“

Ich zeigte dem Mann die auf die Koffer gemalten Namen. Er nickte.

„Ich weiß, wie ihr heißt, Jungs! Glaube nicht, daß ihr –!“

Wir umkreisten den Stapel, und ich zog meinen zweiten Koffer hervor. Der Mann redete auf die Frau ein, als wir hinausgingen.

„Um Himmels willen“, sagte Zak. „Wer ist denn das?“

„Mrs. Schloffski“, erklärte Ishi. „Es geht das Gerücht, daß ihr Mann durch politische Beziehungen ins Labor gekommen ist.“

„Die IWA hat eine Menge zu verantworten“, sagte ich.

„Matt!“ Mein Vater war gerade aus einem Seitengang aufgetaucht. Jenny war bei ihm. Wir schüttelten einander die Hand, und ich küßte Jenny. Sie ließ den Kuß etwas länger dauern, als ich mir in der Öffentlichkeit gewünscht hätte, aber er war trotzdem von erster Güte.

„Ich muß mich jetzt um meine Fähre kümmern“, sagte Jenny, die den Arm um mich gelegt hatte. „Aber wenn meine Schicht zu Ende ist . . .“

„Schön, ich werde dir sogar vor meiner Gitarre den Vorzug geben. Für heute abend muß ich nämlich noch etwas üben.“

„Na ja.“ Jenny rümpfte die Nase. „Ich muß wohl mit dem zufrieden sein, was ich kriegen kann.“ Sie berührte meine Wange mit den Lippen und schlenderte davon.

„Was nun?“ fragte Zak. „Da Matt jetzt die Horden keuchender Frauen abgewehrt hat, die ihm überallhin folgen, könnten wir uns doch einen Milkshake zu Gemüte führen und uns über die Abenteuer unserer tapferen Helden in den schrecklichen Schneestürmen des Ganymed unterhalten.“

„Leider nicht", sagte Dad. „Matt muß nach Hause."

„Ach", machten Ishi und Zak gleichzeitig.

„Na, dann beim nächsten Mal", brachte Zak lahm hervor.

„Bis heute abend", sagte ich. „Ishi, trag uns für ein Squashspiel ein. Einmal schlage ich dich bestimmt."

Ishi lächelte und winkte zum Abschied. Dad und ich wanderten durch die Röhren nach Hause und sprachen über kleinere Vorfälle, die sich während meiner Abwesenheit in der Monitorabteilung abgespielt hatten. Man registrierte immer mehr ungewöhnliche Trümmer, die nicht vom Mondsystem des Jupiter stammten. Die Felsbrocken näherten sich auf spiralenförmigen Bahnen und traten bei den Polen in die Atmosphäre des Jupiter ein.

„Könnte es ein Meteorschauer vom Asteroidengürtel sein?" fragte ich.

„Das ist eine Theorie", antwortete Dad. Er wirkte geistesabwesend und schweigsam.

Mom war nicht da, als wir heimkamen; Dad sagte, daß sie in der Hydroponischen Abteilung Überstunden mache. Ich packte aus, stopfte meine Sachen in die Eckchen, die im Labor als Schränke gelten, und kehrte ins Wohnzimmer zurück. Dad saß mit verschränkten Händen am Eßtisch.

„Setz dich."

Ich ließ mich nieder.

„Ich habe gestern mit Kommandeur Aarons über dich gesprochen. Captain Vandez hat dich in seinem wöchentlichen Bericht vom Ganymed erwähnt."

„Oh?"

„Ja. Es hat mich überrascht, das muß ich zugeben. Ich hätte nicht gedacht, daß du so einen Fehler machen würdest."

„Wieso?"

„Ich rede von deinen und Juris Schwierigkeiten."

„Was für Schwierigkeiten?"

Dad verzog das Gesicht. „Der Luftschlauch. Captain Vandez hat gemeldet, daß du ihn nicht richtig angeschlossen und den Fehler nicht bemerkt hast. Dabei sollst du dich und Juri fast umgebracht haben. Er hat auch berichtet, daß du den Vorfall selbst nicht melden wolltest – Juri mußte es tun."

„Was!"

„Ein Glück, daß Juri es geschafft hat, zur Station zu kommen. Mir ist klar, daß du den Einfall hattest. Zu deinem Vorteil hat Juri es gemeldet. Das hat dich in den Augen von Captain Vandez ein wenig gerechtfertigt; deshalb hat er dir keinen persönlichen Verweis erteilt. Wenn Juri nicht rechtzeitig bei der Station angekommen wäre, hätte der Captain ein Schiff ausschicken müssen, um euch zu retten. Das hätte eure Lage sehr verschlechtert. Aber auch so –"

„Dad!"

„Was?"

„Das sind nichts als Lügen."

„Ich wiederhole nur, was Kommandeur –"

„Ich weiß. Aber es stimmt nicht. Ich habe den Luftschlauch nicht falsch angeschlossen. Das war Juri."

„So wurde es nicht gemeldet."

„Aber so war es. Der Lump hat nicht –"

„Hm. Einen Moment. Kannst du das beweisen?"

„Beweisen . . .? Äh, nein, ich . . ."

„Juri hat seinen Bericht durchgegeben. Captain Vandez sagt, daß du das Thema später nicht mehr erwähnt hast, als du am Mikrophon warst. Er glaubte, daß du dich schämtest und es nicht zugeben wolltest. Captain Vandez meint, daß Juri dir gegenüber fair gewesen ist, wenn man alle Umstände berücksichtigt, und er betrachtet die Angelegenheit nicht als sehr ernst."

„Ich schon", sagte ich scharf. „Juri hat einen gefälschten Bericht gemacht."

„Was geschah wirklich?"

Ich erzählte es ihm. Er fragte, ob Zak eine Aussage zu meiner Unterstützung machen konnte. Ich mußte verneinen, da ich über Funk nie etwas erwähnt hatte, was meine Version der Geschehnisse bestätigen würde.

„Tut mir leid, das sagen zu müssen", meinte Dad, „aber mir

scheint, daß Juri im Vorteil ist. Er hat den Vorfall gemeldet, nicht du. Dein Schweigen ist schwer zu erklären."

„Ich weiß. Das habe ich davon, daß ich versuchte, die Vorschriften zu umgehen."

„Du hättest dich schon ganz zuerst krank melden sollen."

„Und ich hätte Juri verpfeifen sollen, als er uns in die Klemme gebracht hatte. Aber ich dachte, daß unsere Aufgabe wichtiger sei als ein paar Vorschriften."

„Die Vorschriften dienen der Sicherheit. Wir alle leben in einer gefährlichen Umgebung. Es zahlt sich aus, vorsichtig zu sein."

„Ich weiß, ich weiß." Ich seufzte und stützte mich mit dem Gesicht in den Händen auf den Tisch.

„Nimm's nicht zu schwer, mein Junge. Ich glaube nicht, daß Kommandeur Aarons dem große Bedeutung beimißt. Es wird keine große Rolle spielen, wenn die Entscheidung fällt, ob du im Labor bleiben kannst. Ich werde jedenfalls mit ihm über die Sache sprechen und ihm deine Version mitteilen. Das dürfte einiges ausrichten."

„Danke, Dad." Ich blickte mich um. „Deshalb ist Mom also nicht hier? Damit du mit mir reden konntest."

Er nickte. „Und um dir etwas Ruhe für deine Gitarrenübungen zu verschaffen. In zwei Stunden bist du schon an der Reihe."

„Stimmt."

Ich stand auf und ging in mein Zimmer, setzte mich aufs Klappbett und stützte die Gitarre auf meine Beine. Nachdem ich eine Reihe von Akkorden geübt hatte, um meine Finger geschmeidig zu machen, ging ich die Stücke durch, die ich heute abend spielen wollte, aber innerlich hatte ich mich immer noch nicht von dem erholt, was mir Dad erzählt hatte. Sicher, Juri und ich waren nie große Freunde gewesen, aber das – !

Nach einer Weile schob ich die Gedanken zur Seite. Es hatte wenig Sinn zu grübeln, und es wäre dumm, gerade vor der Amateurvorstellung niedergeschlagen zu sein. Ich konnte immer noch mit meinem Schicksal hadern, wenn ich meinen Auftritt hinter mir hatte.

Also straffte ich die Schultern und konzentrierte mich auf jedes Stück. Ich suchte nach Fehlern oder nach Stellen, an denen meine Finger nachlässig über eine Passage huschten, die Präzision verloren und hier und dort einen Akkord verwischten. Wenn ein Gitarrist ein Stück mehrere Male wiederholt, ohne sich zu konzentrieren, kommt ihm das Gefühl für ein Spiel abhanden und er pfuscht. Doch dem Publikum entgeht so etwas nicht. Ich bin zwar kein Profi, aber ich versuche immer, so gut zu spielen, wie ich kann.

Dad öffnete die Tür und steckte die Nase zu mir herein. „Abendessen?"

Ich schüttelte den Kopf. Dann ließ mich irgend etwas, was an meinem Bewußtsein nagte, sagen: „Dad? Erinnerst du dich an unser Gespräch, bevor ich zum Ganymed flog?"

„Ja."

„Du sagtest – oder deutetest an, daß der Leiter der BioTec-Abteilung im voraus erfahren hatte, daß das Labor die Jungen vielleicht zurückschickt. BioTec – ist das nicht Juris Vater?"

„Ja, das ist Sagdaeff. Er hat gute politische Beziehungen zur Erde. Ich verstehe Politiker nicht – habe eben nicht gelernt zu lächeln, wenn ich es nicht so meine –, aber wahrscheinlich wird Sagdaeff aus der Umbesetzung, wenn sie stattfindet, eine Beförderung für sich herausholen. Vielleicht hat er es auf Aarons' Stelle abgesehen."

„Interessant. Meinst du wirklich, daß die Besatzung reduziert wird, Dad?"

„Ich lese schon seit langem nicht mehr im Kaffeesatz", erwiderte Dad. „Ich hätte dir auch nichts von diesem Klatsch erzählen sollen. Zurück an die Gitarre, mein Sohn." Er gab mir einen Klaps.

Mir wurde klar, daß er vermutlich versuchte, mich von meinen Gedanken über Juri abzubringen. Also begann ich wieder zu zupfen und zu klimpern, und bald hatte ich mich in die Musik vertieft.

Dad kam eine Stunde später zurück. Er pfiff, um mich daran zu erinnern, daß ich mich umziehen mußte. Ich zog den schwarzen

Anzug mit breiten Aufschlägen an, das einzige derartige Stück, das ich besitze. Er ist so streng geschnitten, wie es vor fünf Jahren Mode war. Mom hatte die Nähte so weit wie möglich ausgelassen, aber das Unvermeidliche war geschehen; die Hose kniff, die Strümpfe waren gespannt, und in den Schultern war der Anzug so eng, daß ich befürchtete, das Blut würde nicht mehr in meinen Armen zirkulieren. Es spielte keine Rolle, daß der Anzug auf der Erde hoffnungslos altmodisch gewesen wäre – alle anderen im Labor saßen im selben Boot. Aber die Ziermünzen an den gerundeten Aufschlägen des Jacketts sind ganz hübsch.

Dad und ich gingen zum Zentralsaal. Ich trug meinen Gitarrenkasten. Das Publikum begann schon, den schüsselartigen Saal zu füllen. Jenny wartete. Sie drückte mir die Hand und wünschte mir Hals- und Beinbruch.

Wir sprachen über Nichtigkeiten, da ich nicht von den Problemen auf Ganymed erzählen wollte. Dabei konnte ich an nichts anderes denken; ich mußte wohl etwas bescheuert gewirkt haben. Nachdem sie einige Minuten lang nur einsilbige Antworten von mir bekommen hatte, gab Jenny es auf und suchte sich einen Platz.

Hinter der Bühne herrschte ziemliches Durcheinander. Requisiten und Kulissen wurden herumgetragen. Frauen legten noch einmal Hand an ihr Make-up, und einige versuchten in letzter Sekunde, ihren Text zu lernen. Ich setzte mich in eine Ecke und wartete.

Man konnte hören, wie Kommandeur Aarons das Programm einleitete: seine tiefe Stimme dröhnte über die Menge hinweg, ohne daß er ein Mikrophon gebraucht hätte. Fast alle Bewohner der Büchse waren da.

Das Auditorium liegt ziemlich dicht an der Achse, so daß die Schwerkraft dort nur einen kleinen Teil der irdischen ausmacht. In der ersten Programmnummer wurde diese Tatsache ausgenutzt. Es war eine Familie, die ich schon einmal gesehen hatte. Sie zeigte ein Ballett, das auf der Erde unmöglich gewesen wäre. Alle sprangen und wirbelten und warfen sich gegenseitig in die Luft. Der

Anblick genügte, um die Zuschauer beschwingt und sorglos zu machen.

Mr. und Mrs. Bhadranin waren als nächste an der Reihe. Sie spielt die Tabula und ihr Mann die Sitar, beides indische Instrumente. Es war großartig. Mr. Bhadranin ließ mich einmal auf seiner Sitar probieren, und ich war tief beeindruckt. Verglichen mit ihr ist die Gitarre ein Spielzeug. Es ist unmöglich, die Sitar zu meistern. Man kann ihr nur sein ganzes Leben widmen und versuchen, so viel wie möglich zu erreichen. Es ist kein Instrument für einen Dilettanten, wie ich es bin.

Eine Gruppe von der Instandsetzung folgte den Bhadranins. Sie gaben einen etwas verworrenen Sketch darüber, wie unordentlich die anderen Laborabteilungen waren. Der Sketch endete damit, daß alle gezwungen waren, außerhalb der Büchse zu leben, weil das Innere mit Abfall vollgestopft war. Es muß wohl ganz lustig gewesen sein, weil die Leute oft lachten. Ich hörte ihnen nicht zu, da ich als nächster auftrat.

Der Sketch war zu Ende. Ich nahm meine Gitarre – ich hatte sie während der Lachsalven gestimmt – und blieb am Rande des Vorhangs stehen, damit Kommandeur Aarons mich ansagen konnte.

Der Kommandeur ist ein großer, stämmiger Mann mit einem angegrauten Schnurrbart und vielen Lachfältchen um den Mund herum. Er ist immer gebräunt und scheint sich bester Gesundheit zu erfreuen. Deshalb fiel mir diesmal der Unterschied auf. Er stand an einer Seite der Bühne und sprach mit einem der Laboroffiziere. Der Offizier war noch in Uniform, als habe er gerade die Brücke verlassen. Der Kommandeur blickte finster drein. Sein Gesicht war blaß geworden. Er stellte dem Offizier eine Frage, hörte zu und schaute dann über die Bühne hinweg zu mir.

Der Kommandeur gab mir durch eine Geste zu verstehen, daß ich nicht vortreten solle. Dann schritt er zur Mitte der Bühne und hob die Hand. Die Menge wurde still.

„Leider müssen wir auf den Rest des heutigen Programms verzichten", sagte er. Ein fragendes Summen verbreitete sich im Publikum.

„Heute abend wurde Ishi Moto im Dienst durch einen Meteoriten getötet, während er einen Satelliten reparierte. Der Tod trat auf der Stelle ein. Der Felsbrocken, der ihn traf, war nicht größer als eine Münze, aber er hatte eine sehr hohe Geschwindigkeit.

Ishi war ein prächtiger Junge. Ich halte es nicht für angemessen, das Programm fortzusetzen. Guten Abend.“

8

Über den Rest des Abends gibt es nicht viel zu sagen. Zuerst konnte ich es nicht glauben. Sobald der Vorhang zugezogen worden war, rannte ich zu Kommandeur Aarons hinüber und fragte ihn ungläubig, ob ich richtig gehört hatte. War es etwa jemand anders gewesen, jemand mit einem Namen, der so ähnlich wie der Ishis klang?

Noch während ich diese Worte aussprach, wußte ich, daß ich versuchte, der Wahrheit davonzulaufen, sie zu verdrängen, so zu tun, als gäbe es sie nicht. Ich drehte dem Kommandeur den Rükken zu und legte meine Gitarre mechanisch zurück in ihren Kasten. Die Luft schien schwer und warm.

Ich erinnere mich, daß ich mir einen Weg aus dem Saal bahnte, meine Eltern traf und mit Jenny sprach. Sie weinte, und ich merkte plötzlich, daß ich es auch tat. Jenny und ich standen in der Mitte der Menge, weinend und schluchzend und aneinandergeklammert – fast ohne zu wissen, was vorging. Es war unmöglich. Ishi war nicht mehr da. Für immer.

Nach einigen Augenblicken hatte ich mich etwas erholt. Auch Zak, den ich vorher nicht gesehen hatte, war da. Er führte Jenny beiseite, und ich ging mit meinen Eltern hinaus. Plötzlich hatte ich nur den Wunsch, diesen Ort zu verlassen und allein zu sein.

Auf dem Weg nach Hause fiel kein Wort. Das Schreckliche war, daß es nichts zu tun gab. Das ist wohl immer so. Unsere Gesellschaft schreibt kein Ritual für die Freunde und Verwandten eines Verstorbenen vor. Statt dessen sitzen sie da, starren einander an und fühlen sich verlegen und nutzlos. Es gibt nichts, womit sie ihren Kummer mildern könnten.

Als wir zu Hause angekommen waren, ging ich in mein Zimmer. Ich hatte nicht einmal meinen Eltern etwas zu sagen. Sicher war Ishis Arbeit gefährlich gewesen, aber die Aussicht, daß ein Mensch getroffen werden könnte, war unendlich gering. Sein Tod war ein böser Zufall gewesen. Raumanzüge bieten einigen Schutz gegen Meteoriten von niedriger Geschwindigkeit, doch gegen einen Stein, der so schnell wie eine Gewehrkugel ist, läßt sich kaum etwas machen.

Im Labor tut man, was man kann. Wir haben die Staubwolken und kleinen Kieselschwärme erforscht, die den Jupiter umkreisen. Wenn eine Fähre abgeht, ist die Flugbahn so programmiert, daß sie sich in gleicher Richtung wie die sie umgebende Materie bewegt und die meisten der winzigen Trümmer gar nicht an dem Raumschiff vorbeijagen. Die beste Sicherung ist ein rascher Flug, bei dem der Pilot so wenig Zeit wie möglich außerhalb der Büchse verbringt.

All das ist schön und gut, aber es kann keine absolute Sicherheit gewähren. Wir wissen nicht genug über den Schutt, der den Jupiter umkreist, und wir werden es wohl nie wissen. Radar zeigt kleine Splitter nicht an.

Ich lag in meinem Bett und dachte an Ishi. Wie oft in meinem Leben würde ich mich wohl von einem Freund verabschieden, ohne etwas Schlimmes zu ahnen, und ihn nie wiedersehen? Es dauerte lange, ehe ich einschlafen konnte.

Am nächsten Morgen besuchte ich mit meinen Eltern Ishis Familie, um ihr unser Beileid auszusprechen. Wir saßen auf dem Boden und unterhielten uns fast flüsternd. Unser Gespräch berührte fast nur Nebensächlichkeiten: Die Blumenarrangements, die Ankunft und den Abflug von Leuten, die wir kannten, und die Schönheit von Aquarelldrucken. Ishi wurde nur selten erwähnt.

Wir nahmen zusammen an der Zeremonie für Ishi teil. Sein Körper war an den Lebenskreislauf der Büchse zurückgegeben worden, indem man ihn aufgelöst und die Elemente an die chemischen Gefäße verteilt hatte. Es ist barbarisch, den Körper zu erhalten und irgendwo zu vergraben.

Danach folgten wir der Familie Moto zurück in ihre Wohnung und unterhielten uns sehr lange. Man servierte uns grünen Tee; wir versuchten zu lächeln, nickten einander zu und gingen nach Hause.

Ishis Eltern bewahrten ihre bewunderswerte Gelassenheit; es gelang ihnen sogar, ihre Freunde aufzumuntern, die hereinschauten. Ich beschloß, die Verbindung mit der Familie Moto nicht aufzugeben; ich konnte viel von ihr lernen.

Eine halbe Stunde lang drückte ich mich in der Wohnung herum, dann ging ich zum Unterricht. Da ich Schwierigkeiten mit der Integralrechnung hatte, brauchte ich eine Sitzung mit den Lehrmaschinen. Unsere Maschinen sind besser als die durchschnittlichen Geräte, die in den Klassenzimmern der Erde verwendet werden. Sie sind an den Laborcomputer angeschlossen, der zwei Dutzend verschiedene Aufgaben gleichzeitig durchführen kann und dennoch den Eindruck erweckt, er sei so klug wie ein Mensch. Dabei nutzt der Computer nur einen Bruchteil seiner Kapazität aus.

Wenn sich die Ausgabe rechtfertigen läßt, kann man sich einen größeren Bereich der Computerkapazität zuweisen lassen. Dann hört sich „David" – so nennen ihn die Computertechniker – wie ein Genie an. Man kann Quantenmechanik, Wirtschaftstheorien, Astronomie oder Theologie mit David diskutieren, und er gibt fundierte, auf dem letzten Stand der Forschung beruhende Antworten so schnell, wie man sie lesen kann.

David ist wirklich eine große Hilfe, wenn man eine Prüfungsarbeit anfertigt. Andererseits hat er eine schwach ausgeprägte Persönlichkeit und hat keinen Sinn für Humor. Maschinen haben ihre Grenzen. Aber Menschen haben keine, und es kann sein, daß eines Tages ein Ingenieur David einen Sinn für Humor verpaßt und er über Nacht zu einem Fernsehstar wird. Aber bis jetzt finde ich ihn etwas langweilig.

Ich verbrachte zwei Stunden mit David und versank knietief in Integralaufgaben. David hämmert so lange auf einer Erklärung herum, bis man sich wie ein menschlicher Sandsack vorkommt. Aber gerade wenn man meint, nicht ganz richtig im Kopf zu sein, versteht man ihn plötzlich – gewöhnlich deshalb, weil David endlich eine Methode gefunden hat, die auf den individuellen Denkprozeß zugeschnitten ist.

David ist nicht nur ein Speicher für eine Menge von Informationen. Er ist Psychologe, Richter und Trainer, genau wie ein menschlicher Lehrer, nur wesentlich schneller.

Diesmal nahm er mich wirklich in die Mangel; ausgepumpt verließ ich die Kabine. Zak stand davor und schaute in die entgegengesetzte Richtung den Gang hinab.

„Regelst du den Verkehr?" erkundigte ich mich.

„Nein, ich frage mich nur, warum Juri plötzlich verschwunden ist."

„War er auch hier?"

„Bis vor einer Sekunde, ja. Ich wollte ihn gerade etwas fragen, da verzog er sich."

„Gerade als ich herauskam?"

„Ich glaube schon. Was ist los?"

„Gehen wir Kaffee trinken. Ich erzähle dir alles."

Nachdem ich ihn darüber ins Bild gesetzt hatte, was Juri auf dem Ganymed getan hatte, pfiff Zak durch die Zähne und schaukelte in seinem Stuhl zurück. „Ein ausgekochter Bursche, unser Juri. Der verplappert sich nicht so leicht. Wer hätte ahnen können, daß er so hinterhältig ist?"

„Du. Ich."

„Wir waren von Anfang an voreingenommen. Das Problem lautet jetzt: Du sitzt in der Patsche, und wie holen wir dich raus?"

„Mein Vater wird mit dem Kommandeur reden."

„Und da sich die Aussagen widersprechen und alle Beweise auf einer Seite sind, wird unser guter Kommandeur –"

„Juris Geschichte glauben."

„Stimmt. Der Mann ist ja nicht unfehlbar."

„Ich werde die ganze Sache einfach vergessen." Ich zuckte mit den Achseln. „Juri hat mich in die Enge getrieben."

„Der Bowles, den ich kenne, gibt nie auf!"

„Der Bowles, den du kennst, ist ja auch nicht blöde. Kommandeur Aarons kann ohne Beweise offiziell nichts unternehmen. Seine Hände sind gebunden. Es hat keinen Sinn, wenn ich ihm etwas vorjammere."

„Da ist was dran."

Dann erzählte ich Zak von Dads Äußerung über Juris Vater. Ich hatte erwartet, daß er sofort reagieren würde. Statt dessen saß er da und grübelte lange mit zusammengekniffenen Augen.

„Du verstehst doch, was das bedeutet?" fragte er.

„Was zum Beispiel?"

„Juris Vater hörte, daß Kürzungen auf uns zukommen. Er erriet – oder erfuhr –, daß nur ein oder zwei von uns Jüngeren hierbleiben dürfen. Dann sprach er mit Juri."

„Der zwei und zwei zusammenzählte."

„Und die Quadratwurzel von sechzehn erhielt, nachdem er den Computer um Rat gefragt hatte. Deshalb versuchte er aufzufallen: als guter Schachspieler, als Sieger beim Squash, durch eifrige Arbeit bei den Atmosphärischen Studien und durch seine Hilfe mit dem Wanderer auf dem Ganymed. Er hielt dich für den entscheidenden Konkurrenten, Matt."

„Und er machte mich so verrückt, daß ich auf dem Ganymed ein Risiko einging. Dann strich er das Lob dafür ein und schwärzte mich bei Kommandeur Aarons an."

„Elegant. Sehr, sehr elegant. Das dümmste an der ganzen Sache ist, daß du dich nicht wehren kannst."

„Wahrscheinlich nicht." Ich seufzte. „Jedenfalls will ich im Moment nicht daran denken. Dieser Zank ist doch unwichtig, verglichen mit Ishi."

Zaks Miene umwölkte sich. „Ja." Sein Oberkörper beugte sich über den Tisch im Aufenthaltsraum. Wir schwiegen alle beide. Zak verschüttete etwas Kaffee; statt ihn aufzuwischen, starrte er nur geistesabwesend darauf. Er tauchte eine Fingerspitze in den braunen Fleck und begann, ein wäßriges Muster auf der glatten, glänzenden Oberfläche zu zeichnen. Mir war zum Heulen zumute.

„Hör zu, vielleicht sollte ich schon mit der Arbeit im Monitorraum anfangen", sagte ich und stand auf. „Meine Wache beginnt in einer Stunde. Ich werde versuchen, wenigstens einmal pünktlich zu sein – nur des Experimentes wegen."

„Matt Bowles?" Ein Sekretär vom anderen Ende der Halle steckte den Kopf in die Tür.

„Ja?"

„Ein Anruf für dich. Du kannst ihn am Zentraltelefon des Studentenaufenthaltsraumes beantworten."

„Oh, danke." Ich nahm meine Aufzeichnungen an mich, winkte Zak zu und lief die Halle hinab. Der Gang bog sich nach oben und schuf die vertraute Illusion, als ob ich mich bergan bewegte. In gewissem Sinne tat ich es auch, denn in dieser Richtung trottete ich entgegengesetzt zur Rotation der Büchse, was schwieriger ist, als ihr zu folgen. Bei kürzeren Entfernungen macht sich die Wirkung kaum bemerkbar; erst wenn man fast die Hälfte des Büchsenrandes hinter sich bringt, lohnt es sich, über den schnellsten Weg nachzudenken. Aber heute hatte ich andere Sorgen.

Ich betrat die Kabine des Zentraltelefons und nahm den Hörer ab.

„Matt?" fragte die Stimme meines Vaters.

„Was ist los? Ich wollte gerade zum Monitorraum."

„Das ist jetzt nicht so wichtig. Ich habe mich mit Kommandeur Aarons unterhalten. Er will mit dir reden. In seinem Büro."

Als ich dort ankam, saß Jenny ruhig auf einer Couch. Das überraschte mich mehr als alles andere. Was hatte sie hier zu suchen?

Dad saß auf einem Stuhl und hielt ein Bündel Papiere in der Hand. Der Kommandeur schaute auf, als ich eintrat, begrüßte mich und forderte mich auf, auf einem versenkbaren Sitz Platz zu nehmen.

„Dein Vater hat mir eine etwas andere Darstellung der Ereignisse auf dem Ganymed gegeben", sagte Kommandeur Aarons, beugte sich vor und ließ die gefalteten Hände auf dem Schreibtisch ruhen. „Ich muß zugeben, daß ich mich in einem Zwiespalt befinde. Da sich die Aussagen widersprechen, hängt alles von meinem Ermessen ab. Aber es gibt keine Möglichkeit, die Wahrheit zu beweisen, da keine Zeugen dabei waren."

Er unterbrach sich und verzog das Gesicht. Die Bewegung ließ seinen Schnurrbart schräg und seine Nase rot werden. „Daher, junger Mann, werde ich die Sache fallenlassen. Keine Maßnahmen werden getroffen. Jetzt kenne ich sowohl deine wie Juri Sagdaeffs Schilderung. Bei zukünftigen Bewertungen eurer Leistung kann ich darauf zurückkommen, muß es aber nicht."

Der Kommandeur machte eine Pause und atmete tief. „Und das ist alles." Er streckte die Hand aus und knipste einen Schalter um, der in seinen Schreibtisch eingelassen war. „Das ist die offizielle Eintragung in das Logbuch des Schiffes. Was die Vorschriften betrifft, ist die Sache damit ausgestanden." Er schaute mich an und lächelte. „Aber ich habe deinen Vater aus einem anderen Grund gebeten, dich zu rufen."

„Sir?"

„Wärest du daran interessiert, eine andere Aufgabe zu übernehmen? Du würdest mit Miß Fleming zusammenarbeiten."

„Oh? Draußen?"

„Du müßtest eine Fähre lenken", sagte mein Vater, „und Satelliten reparieren. Das war Ishis Aufgabe."

Jetzt verstand ich, weshalb Jenny hier war. „Wer hat mich empfohlen?"

Der Kommandeur tippte mit dem Fingernagel auf den Sichtschirm, der flach in die Oberfläche des Schreibtisches gesenkt war. Ich konnte einige Eintragungen erkennen, die in einer Personalakte zu stehen schienen.

„Deine bisherige Erfahrung", antwortete er. „Du kennst dich mit Elektronik aus, und du hast Einmannfähren in die Docks manövriert."

„Ach so." Es lockte mich immer noch nicht, eine Arbeit zu übernehmen, für die Jenny mich empfohlen hatte. „Aber warum denn plötzlich? Ishis Tätigkeit war nicht dringend. Warum soll er so schnell ersetzt werden?"

„Wegen der Stürme", meinte Jenny.

Ich blickte zu ihr hinüber. Es war der erste Laut gewesen, den sie nach meinem Eintritt in das Zimmer von sich gegeben hatte.

„Richtig", sagte mein Vater. „Sie treten jetzt häufiger auf und sind heftiger. Die gesamte obere Atmosphäre des Jupiter, besonders in Polnähe, scheint in Aufruhr zu sein. Die Satelliten registrieren das. Wenn sie versagen, erfahren wir nichts."

„Einer sendet schon jetzt nur mit Unterbrechungen", erläuterte Jenny.

„Und wir brauchen immer jemand, der Dienst tut, um sie jederzeit reparieren zu können", sagte Kommandeur Aarons.

Ich überlegte kurz. Natürlich war es gefährlich. Aber selbst das Atmen kann auf die Dauer gefährlich werden. Ishi hatte auch keine Angst gehabt.

„Klingt einleuchtend", erklärte ich. „Ich werde mich gern aus dem Monitorraum versetzen lassen, wenn Sie mich brauchen."

„Ah, sehr schön." Kommandeur Aarons erhob sich. „Viel Glück." Er schüttelte mir die Hand und gab mir damit ein warmes, freundschaftliches Gefühl.

Als wir das Büro verlassen hatten und Dad in die Monitorabteilung zurückgegangen war, wandte ich mich an Jenny. „War das dein Einfall?"

„Meiner? Sei nicht albern. Kommandeur Aarons hat mich nur ein paar Minuten vor dir zu sich rufen lassen. Er wollte wissen, ob es mir etwas ausmachen würde, mit dir zu arbeiten."

„Gut. Tut mir leid. Ich bin wohl heute etwas nervös. Die letzten vierundzwanzig Stunden waren nicht gerade erfreulich."

Jenny wirkte traurig. „Ich weiß, was du meinst."

Wir gingen in den Aufenthaltsraum für Studenten, um etwas zu essen. Dort stellten wir uns in die Schlange.

„Wir sollten zum Hauptdock gehen und uns mit deiner Fähre befassen", sagte Jenny.

„Was?"

„Nun, du mußt doch irgendwann lernen, wie man damit umgeht. Ich weiß, daß du einige einfache Lenkungen gemacht hast, aber –"

„Willst du damit sagen, daß du mich anleiten sollst?"

„Wer denn sonst?"

„Tja . . ."

„Sag mal, gibt es einen Grund, weshalb du nicht mit mir arbeiten willst?"

„Nein, nein", log ich.

Jenny ist ein nettes Mädchen, hübsch, klug und zuverlässig. Aber es gab einen sehr guten Grund, weshalb ich nicht zuviel Zeit mit ihr verbringen wollte: Soweit war ich noch nicht.

Ich bin ziemlich romantisch. Wenn ich es nicht selbst herausbekommen hätte, hätte mir Zak das Geheimnis recht schnell verraten; er hat es oft genug erwähnt. Und ich wußte: Wenn ich viel Zeit mit Jenny verbrachte, mit ihr zusammenarbeitete und sie Tag um Tag besser kennenlernte, war das Ergebnis unvermeidlich: Ich würde mich in sie verlieben.

Na schön, die Liebe. Darum drehen sich alle Lieder und Musicals und Romane. Ohne sie ginge die Welt unter et cetera, et cetera. Sie ist unsere größte Energiequelle.

Aber nicht für mich. Darauf war ich noch nicht vorbereitet. Ich hatte Pläne für die Zukunft – Orte, an die ich reisen wollte, Dinge, die ich lernen mußte. Einmal erzählte ich Dad davon, aber er schüttelte den Kopf und sagte: „Die Liebe läßt sich nicht planen wie eine elektrische Schaltung, Matt. Sie ist wie ein Sturz die Treppe hinunter. Sie kommt plötzlich, und man kann sich nicht darauf einstellen. Versuch es gar nicht erst."

Vielleicht hat Dad recht. Mag sein, daß man es nicht im voraus planen kann. Aber ich kann die Augen offen halten und Situationen aus dem Wege gehen, aus denen gefährliche Bindungen entstehen könnten, obwohl ich mit ihnen überhaupt noch nichts zu tun haben will.

Deshalb erklärte ich Jenny: „Ich habe nichts dagegen, mit dir zusammenzuarbeiten. Aber ich wußte nicht, daß wir so schnell mit einer Fähre hinaus müssen. Da muß ich ganz schön üben."

Da sagte jemand: „Daran, daß du Angst hast, könnte es natürlich nicht liegen."

Ich wandte mich um. Juri stand hinter uns in der Schlange.

„Hau ab, Sagdaeff."

„Sei nicht albern, Juri", meinte Jenny. „Matt hat keine Angst."

„Oh, da bin ich nicht so sicher. Auf dem Ganymed hat er sich unter Streß nicht gerade rühmlich verhalten."

„Möchtest du dir eine breite Nase einhandeln?" fragte ich.

„Aha, du drohst also. Das ist die letzte Zuflucht der Unfähigen. Was wohl Kommandeur Aarons davon halten würde, wenn du mich in der Öffentlichkeit schlagen solltest?"

„Wir können es ja herausfinden", entgegnete ich und hob die Arme.

„Juri! Matt! Hört auf. Juri, verschwinde. Du hast angefangen."

„Ich bin nur hergekommen, um Matt zu seiner neuen Stellung zu gratulieren."

„Woher weißt du das?" fragte ich.

„Gerüchte, Gerüchte. Außerdem habe ich mich gerade mit der Sekretärin des Kommandeurs unterhalten, als sie den Bericht über deine Statusänderung tippte." Juri lächelte kühl.

„Juri . . .", begann Jenny.

„In Ordnung, ich gehe ja schon." Er zog sich zurück.

„Was sollte das denn nun wieder bedeuten?" fragte Jenny, während wir unsere Tabletts zu einem Tisch trugen. „Hatte es etwas mit dem zu tun, was Kommandeur Aarons gesagt hat?"

Ich erzählte ihr vom Ganymed und dem Luftschlauch. Allmählich kam mir die Geschichte etwas abgedroschen vor.

„Ach so", sagte Jenny und kaute nachdenklich an einem Sandwich. „Damit läßt sich Juris Benehmen gut erklären."

„Wirklich?"

„Natürlich. Hör zu", sagte sie und warf den Kopf zurück, weil ihr einige braune Locken die Augen verdeckten, „es kann nicht leicht für Juri gewesen sein, sich selbst gegenüber zuzugeben, daß er mit dem Luftschlauch einen großen Fehler begangen hat. Es hat ihn verletzt."

„Du meinst, es hat sein Ego verletzt. Die Zielscheibe ist ja groß genug."

„Gut, es hat sein Selbstbewußtsein angekratzt. Er ist sauer und versucht, es an dir auszulassen."

„Wieso an mir? Ich habe ihn doch gerettet."

„Du warst aber auch dabei, als er den Fehler machte."

„Das kommt mir ziemlich verdreht vor."

„Ist es vielleicht auch, aber irgend etwas ist doch schuld daran, daß er sich so verhält."

„Wir wollen ein Abkommen schließen", sagte ich. „Du analysierst mich nicht, und ich verspreche, nicht Amok zu laufen. Klar?" Ich beschloß, Zaks Theorie über Juri nicht zu erwähnen, obwohl ich davon überzeugt war, daß sie stimmte.

„Ich wußte gar nicht, daß du Amok laufen wolltest."

„Es könnte passieren, wenn man mir dauernd Ratschläge gibt. Komm, an die Arbeit. Ist die *Ballerina* fertig?"

Sie stand auf, zupfte ihre rote Bluse zurecht und sagte: „Ja, aber das ist nicht die Fähre, die wir benutzen werden, um zu trainieren."

„So? Also Ishis. Wie heißt sie?"

„Er hat ihr nie einen Namen gegeben", antwortete sie, als wir das Restaurant verließen. „Im Logbuch ist sie nur unter ihrer Inventarnummer verzeichnet."

„Dann werde ich sie taufen."

„Wie?"

„*Rowdy*", erwiderte ich.

Wir legten unsere Anzüge an und glitten durch die Hauptschleuse der Büchse. Das Dock liegt direkt außerhalb der Schleuse, aber es ist kein spezieller Bereich, den man aufzeigen könnte. Es ist einfach der große offene Raum im hohlen Teil der Büchse. Alle kleineren Schiffe werden hier abgestellt und mit einem Netz elastischer Taue an der Achse verankert, damit sie nicht gegeneinanderprallen. Überall an der Innenseite der Büchse sind Schlitze, die als Liegeplätze dienen; wenn ein Schiff aufgetankt oder überholt werden muß, wird es in einen der Liegeplätze gezogen. Sonst ist es in einer größeren Entfernung von der Oberfläche der Büchse vertäut.

Jenny und ich klinkten uns an die Ankertaue und stießen uns ab. Nachdem ich eine Weile dahingetrieben war, drehte ich mich, so daß meine Füße auf die Fähre wiesen, und drückte auf die Ausgleichsdüsen. Dadurch kroch ich nur noch dahin; gerade als die Fähre so groß geworden war, daß sie mir die Sicht auf die gegenüberliegende Innenwand der Büchse versperrte, klinkte ich mich von der Leine los. Ich landete wie eine Katze, schwenkte herum und fand ein Rohr, an dem ich meine eigene Anzugleine festmachen konnte.

Alle Fähren unterscheiden sich voneinander. Jede von ihnen ist aus Teilen zusammengesetzt, die gerade zur Hand waren. Die *Rowdy* – in dem Moment, als mein Handschuh das Rohr berührte, hatte ich sie stumm getauft – wirkte, als seien weggeworfene Stücke ziemlich willkürlich zusammengefügt. Sie glich ein bißchen einer Autokarosserie, nur Blech und sonst nichts. Der Pilot wurde auf eine Couch in der Mitte geschnallt. Rohre, Streben und Treibstofftanks umgaben ihn, ohne ihm aber die Sicht zu verdekken. Ein kleiner gelber Ionenmotor war hinter ihm angebracht. Das Ganze war klotzig, aber gut ausbalanciert; Raumschiffe müssen stabil sein.

Ich glitt zur Pilotencouch hinüber und ließ mich auf der Rückenlehne nieder. Um uns herum lagen weitere Raumfähren, die alle mindestens zwanzig Meter von uns entfernt waren. An einigen von ihnen glühten die Fluglichter. Sie wurden überholt oder bereiteten sich auf einen Flug vor. Ein riesiger, zylinderförmiger Frachtschlepper war genau über uns vertäut. Dahinter saß der graue Wasserschild als Korken über dem Innenraum der Büchse. Unter uns bemerkte ich, wie jemand einen Schneidbrenner benutzte; seine Flamme zischte wie ein scharfer, funkelnder blauer Diamant.

Ich hörte ein schwaches Klicken, als Jenny gegen die Fähre stieß. Sie befestigte ihre Sicherheitsleine und ließ sich auf mich zutreiben.

Wir legten die Helme aneinander. „Du kannst hier doch mit den Lufttanks umgehen, nicht wahr?"

„Klar."

„Dann bring uns dort hinüber", sagte sie und zeigte auf Liegeplatz H.

Ich schnallte mich an der Pilotencouch fest und streckte die Hand vorsichtig nach der Lenkung aus. Man benutzt keinen Ionenmotor innerhalb des Docks oder in der Nähe der Büchse, wenn man es vermeiden kann. Der Rückstoß kann einen Menschen Hals über Kopf einhundert Meter wegschleudern oder die Ankertaue verwirren. Statt dessen betätigte ich mit dem Daumen sanft die Umschaltung an den Lufttanks der Fähre, schloß sie an das Röhrensystem an, das zu den kleinen Manövrierdüsen am Heck führt, und griff nach dem Auslöseknopf.

„Nichts vergessen?" fragte Jenny leichthin.

„Wieso?"

„Unsere Ankertaue."

„Oh." Ich fühlte, wie ich rot wurde. Noch einmal schnallte ich mich los, glitt um die vier Ecken der *Rowdy* herum und hakte die elastischen Leinen los. Sie sind an automatischen Winden befestigt, so daß jedes Tau, das ich losließ, sofort zur Achse zurückgezogen wurde.

Ich setzte mich wieder auf die Couch. „Alles klar, Captain."

Sie antwortete nicht. Ich ließ sorgfältig etwas Luft aus den Tanks in die Röhren entweichen und fühlte ein befriedigendes Zerren, als wir ablegten. Mit kleinen Luftstößen manövrierte ich an dem Frachtschlepper über uns vorbei und schaltete den Stabilisierungskreisel ein, um uns nicht ins Schlingern zu bringen.

Während wir uns langsam durch das Dock schlängelten, versuchte ich, mich wieder daran zu gewöhnen, gleichzeitig in drei verschiedene Richtungen zu blicken. Mein Nacken begann zu schmerzen. Menschen sind so gebaut, daß sie nur in zwei Dimensionen navigieren können; unsere Augen sitzen so, daß wir gut Gnus jagen können. Dagegen brauchen wir einige Zeit, bis wir uns an den Weltraum angepaßt haben. Sogar wenn man endlich soweit ist, daß einem der Magen bei null G nicht mehr in Panik gerät, muß man sich ständig daran erinnern, daß auf und ab genauso wichtig sind wie links und rechts.

Liegeplatz H war ein Rohr mit quadratischer Öffnung und hellen Lampen an den Innenseiten. Ich zwängte die *Rowdy* in den

Spalt und vollführte ein fast perfektes Haltemanöver. Wir bewegten uns wahrscheinlich nicht schneller als mit einem Meter pro Sekunde, als wir gegen die Stoßdämpfer am Ende prallten.

Jenny klopfte mir auf die Schulter und stieß sich ab, um die Ankertaue festzumachen. Ich war stolz, da ich bewiesen hatte, daß ich immer noch mit einer Fähre umgehen konnte, obwohl ich keine Übung mehr besaß. Vor allem war ich wieder draußen im Raum.

Die nächsten fünf Stunden erwiesen sich als weniger erfreulich. Jenny zeigte mir Zentimeter um Zentimeter der *Rowdy* und ließ mich die Funktion jedes Ventils, jedes Meßgeräts und jeder Strebe des Schiffes auswendig lernen. Ich hatte viel vergessen; und eine Menge hatte ich nie gewußt.

Sie ließ mich eine Skizze der Luftröhren zeichnen, nachdem sie mir erlaubt hatte, die *Rowdy* fünf Minuten lang zu untersuchen. Ich glaubte, alles richtig ausgeknobelt zu haben. Aber als sie mir das Schreibbrett, mit roten Korrekturen verziert, zurückgab, fand ich heraus, daß alles umgekehrt war, als ich angenommen hatte.

Ich inspizierte alles: die Stabilisierkreisel, das Funkgerät, den Erste-Hilfe-Kasten, die Treibstoffleitungen, die Zugmanschetten, die Reparaturausrüstung, die Ersatzteile, die Suchlampen, das elektrische System, die Navigation, die Reservesysteme, den Vektorintegrator. Ich mußte alles finden, mich überzeugen, daß es funktionierte, erklären, wie ich es notfalls reparieren würde, und es zu den anderen Systemen, mit denen es verbunden war, in Beziehung setzen.

„Glaubst du, daß du jetzt mit ihr hinausfliegen könntest?" fragte Jenny.

Ich zwinkerte. Eine Minute lang mußte ich sie angestarrt haben.

„*Rowdy* ist keine *sie*, sondern ein *er*", korrigierte ich sie.

„Schiffe sind immer weiblich", sagte sie. „Außerdem gibt es auch weibliche Rowdys. Also ...?"

„Allein?"

„Natürlich nicht. Ich werde den ganzen Weg über deine heiße kleine Hand halten." Sie blickte auf die Uhr. „Der Hin- und Rückflug müßte ungefähr dreizehn Stunden dauern. Es ist schon zu spät, um heute noch zu starten."

„Wohin geht die Reise?"

„Zu Satellit 14. Ein Schaltelement streikt, und der Faraday-Käfig liefert keine vernünftigen Daten."

Ich zuckte mit den Schultern und erinnerte mich dann daran, daß das im Anzug nicht zu sehen war. „Gut. Morgen früh dann also?"

9

Am nächsten Morgen stand ich früh auf und war vor Jenny am Dock. Ich vertrieb mir die Zeit, indem ich die Nase in einige der anderen Schiffe steckte, die in der Nähe ankerten, bis ich über Funk gerufen wurde. Als ich mich umdrehte, sah ich, wie sie sich von der Schleuse abstieß.

„Der Captain kommt", sagte ich.

„Stimmt nicht, mein Lieber. Jetzt bist du verantwortlich."

„Was ist mit der *Rowdy*? Ist sie aufgetankt? *Er*, meine ich."

„Mach dir nichts daraus. Die *Rowdy* ist eine sie. Natürlich ist sie aufgetankt. *Ich* kümmere mich ja um die Wartung."

Wir trieben auf Liegeplatz H zu, machten die Leinen los, und Jenny schwang sich elegant auf die Pilotencouch. Sie rief die Brücke und ließ einen auf den neuesten Stand gebrachten Flugplan im Computer speichern. Dann übernahm ich. Mit Nachdruck ging ich die Treibstoff- und Sauerstoffangaben durch, um zu zeigen, daß ich mich als guter Pilot nicht auf einen anderen verließ, dann sah ich mir die übliche Checkliste an. Jenny saß auf der flachen Bank neben der Couch, schnallte sich an und hob den Daumen.

Vorsichtig setzte ich aus dem Liegeplatz zurück und zog den Bug hoch, so daß er zur Spitze der Büchse wies. Da wir uns immer noch mit der Winkelbeschleunigung der Büchse bewegten, setzte ich die Seitendüsen ein. Wir trieben von der Innenwand weg, und die Büchse schien sich immer rascher zu drehen, während ich für mehr seitliche Beschleunigung sorgte.

Ich gab der *Rowdy* durch die Heckdüsen einen Luftstoß, so daß wir in gerader Linie auf die Spitze der Büchse zuhielten. Wir glitten an den schattenhaften Umrissen von verankerten Schiffen vorbei, deren Sicherheitsneonlampen sie mit Licht übergossen. Die Büchse kreiste um uns. Wir kamen an Sichtfenstern vorbei, die sanft leuchteten. In einem blickte eine Frau nach oben und bemerkte uns. Sie winkte.

Wir zogen an der *Sagan* vorbei. Dicke Schläuche wuchsen aus den Wassertanks hervor und schlängelten sich zu Muffen an der Büchsenachse. Über uns reflektierte der pfannkuchenartige Wassersack das gelbe Licht des Jupiter auf seiner gesprenkelten Plastikhaut. Als wir die Spitze der Büchse erreicht hatten, schickte ich einen Luftstrom durch die Bremsdüsen, und wir hielten an.

Die Wasserschilde sind mit einigen Ankerseilen fest über der Büchse vertäut. Zwischen dem oberen Ende der Büchse und dem Pfannkuchen liegt ein Zwischenraum von etwa fünfzig Metern, der genügt, um uns hinausschlüpfen zu lassen. Die Schilde werden nur verschoben, wenn große Kreuzer wie die *Sagan* hinauswollen; sonst halten sie ihre Stellung und blockieren Elektronen von hoher Energie den Weg.

Ich wendete, so daß wir zwischen der Büchse und dem grauen Wasserschild nach draußen steuerten. Jupiter lugte über den Rand, als wir die Büchsenspitze hinter uns ließen. Er bildete eine Sichel; die Büchse bewegte sich in seiner Umlaufbahn auf die Sonne zu.

Unser Gefährt ruckte und murmelte unter mir. Das Computerprogramm schaltete sich jetzt ein. Ich drückte auf den Freigabeknopf und fühlte sogleich einen leichten Stoß. Der Ionenmotor war nun angestellt. Er machte keinen Lärm, da es sich um ein Niedrigimpulssystem handelte.

Wir flogen vom Labor weg direkt nach oben, als wäre die Büchse eine Kanone, die uns abgeschossen hätte. Ich blickte durch die Zwischenräume im Boden der *Rowdy* auf den Jupiter. „He", sagte ich, „wir haben nördlichen Kurs."

„Sehr aufmerksam von dir. Wir gehen in eine polare Umlaufbahn."

„Hat Satellit 14 eine polare Bahn?"

„Fast. Die Monitorabteilung und die Astrophysiker haben dafür gesorgt, daß die Route ziemlich populär wird. Satellit 14 beschreibt eine exzentrische Bahn, die ihn in die Nähe der Jupiterpole bringt."

„So daß er die besten Daten über die Stürme erhält?"

„Offenbar. Aber ich habe nur mit Reparaturen zu tun; ich versuche nicht, ihre Informationen zu verstehen. Schau mal, jetzt kannst du die Stürme sehen."

Mein Blick folgte ihrem ausgestreckten Finger. Nahe am Nordpol des Jupiter zerrissen und wirbelten die Bänder und verloren etwas von ihrem hellen Orangeton. Ich konnte winzige Strudel erkennen, die den Rand der Streifen aufwühlten.

„Braut sich ein Sturm zusammen?" fragte ich.

„Nein, was wir sehen, sind die letzten Wirbel von einem, der vor fünf Tagen tobte. Die Astrophysikalische Abteilung meint, daß für eine Weile keiner folgen wird, aber das ist nur eine Vermutung."

„Wie war die Strahlung während des Sturms?"

„Hoch. Höher, als sie es je beobachtet haben, sagen die Astrophysiker. Wieso? Machst du dir Sorgen?"

„Ja, ich bin zu jung, um in einer Elektronendusche gebraten zu werden. Sind auch die Schutzschirme in Betrieb?" Ich warf einen Blick auf die Armaturen. Alles leuchtete grün.

„Ja, sie gingen automatisch an, als wir das Labor verließen. Mach dir keine Gedanken."

„Vergiß es. Ich mache mir leicht Gedanken." Ich schaute auf die supraleitfähigen Gitter, von denen die *Rowdy* abgeschirmt wird, obwohl man die magnetischen Felder, die sie hervorbringen, natürlich nicht sehen kann. Nur diese Gitter hielten die Van-Allen-Gürtel des Jupiter davon ab, uns lebend zu grillen.

Strahlung ist eine unauffällige Sache. Man kann sie nicht sehen oder schmecken, doch diese kleinen Elektronen und Protonen sind gefährlicher als ein Tiger. Deshalb wurde die Umlaufbahn des Labors nicht in die Nähe des Jupiter gelegt. Die Erde und der Jupiter haben eine große Gemeinsamkeit: die Strahlengürtel. Ein Mann namens Van Allen entdeckte sie im frühen Raumzeitalter an der Erde. Etwas später stellte sich heraus, daß auch Jupiter sie hatte. Mars, Venus und Merkur besitzen sie nicht, da sie keine magnetischen Felder haben. Erde und Jupiter dagegen erzeugen riesige Magnetfelder, die Hochenergiepartikel einfangen, die von der Sonne ausgestoßen werden.

Man nennt sie „Gürtel", weil sie so aussehen würden, wenn man sie deutlich erkennen könnte, wie große Ringe um Jupiter und Erde, deren Durchmesser viele Planetenradien umfaßt. Das Labor mußte außerhalb dieses Ringes angelegt werden, damit wir nicht von der Strahlung gebraten wurden. Trotzdem dienen die Wassertanks des Labors rund um die Büchse dazu, die aufprallenden Strahlen abzufangen und so die Wohnquartiere abzuschirmen.

Die *Rowdy* ist eine Fähre, bei deren Bau man Tempo und Wirtschaftlichkeit im Auge hatte. Allerdings eignet sie sich wenig zu Flügen bei Strahlenstürmen, dazu ist sie nicht robust genug.

Ein kompakter Flugkörper hätte Ishi vielleicht ausreichenden Schutz geboten. Vielleicht führt dies in Zukunft dazu, Raumfähren stärker zu panzern.

Aber jetzt war sowieso nicht die Zeit, eine Lebensversicherung abzuschließen. Ich hörte auf, über Ishi nachzusinnen, und wandte mich an Jenny. „Was ist faul mit Satellit 14?"

„Sieh mal – es ist kinderleicht", entgegnete sie und übergab mir ein Schreibbrett mit einem Gespinst von Schaltdiagrammen.

Ich entdeckte das defekte Schaltelement recht schnell. Der Faraday-Käfig war ein kniffliges Problem. Man findet diese Geräte auf fast allen Satelliten, einschließlich Nummer 14; es sind ziemlich einfache Gebilde. Sie haben eine elektrostatisch aufgeladene Gittervorspannung, die für den Raum um den Satelliten offen ist. Jedes geladene Teilchen, das vorbeifliegt, kann von dem Gitter angezogen werden. Dadurch erhöht es seine Geschwindigkeit und schießt mitten durch das Gitter hindurch in einen Kollektor. Dieser Vorgang erzeugt eine Spannung über einen Kondensator. Ab und zu ruft ein Wachoffizier in der Monitorabteilung – jemand wie ich – die Daten von dem Satelliten ab. Der Kondensator wird entladen, die Spannung gemessen, und eine kurze Berechnung gibt Aufschluß über die Anzahl der Teilchen (gewöhnlich Elektronen), die eingefangen wurden.

Das Gerät des Satelliten 14 funktionierte nicht. Ich hatte auch eine ungefähre Vorstellung, weshalb dies so war. Meiner Meinung nach war die Konstruktion des Geräts nicht besonders gut gelungen.

„Sieh mal", sagte Jenny. Ich blickte durch den Boden der *Rowdy* hinab. Ein brauner Strudel, der von roten Spritzern durchsetzt war, wirbelte die Wolken unter uns auf.

„Der erinnert mich an den Roten Fleck", bemerkte ich.

„Ich habe so etwas noch nie gesehen. Eine seltsame Farbe."

„In der Atmosphäre spielt sich etwas ab: Der alte Jupiter gibt uns eine Extravorstellung."

„Wieso das?"

„Vielleicht wissen wir in zehn Jahren mehr darüber."

Das Angenehme an einem Flug, den man in Begleitung macht, ist, daß man die Dinge leichter nimmt. Draußen im Raum besteht die Gefahr, daß man von der unvorstellbaren Weite überwältigt wird. Wenn man sich aber mit jemandem unterhalten kann, kommt alles wieder ins Lot.

Also plauderten wir drauflos. Ich war nur selten mit Jenny allein gewesen und fand nun viel Neues über sie heraus. Alles, was ich erfuhr, gefiel mir.

So ging es sechs Stunden lang weiter. Der Jupiter war wirklich riesig. Die *Rowdy* führte uns nach oben auf den Nordpol zu, so daß wir uns der Umlaufbahn des Satelliten 14 allmählich anglichen. Wir entdeckten einen winzigen hellen Punkt zur Linken, der rasch wuchs. Er verwandelte sich in eine silberne Kugel, die mit Antennen und kleinen Ausgleichsdüsen bestückt war. Nr. 14 gehörte zu der älteren Satellitengeneration, was vermutlich sein Versagen erklärte.

Jenny blieb in der Fähre, während ich zu dem Satelliten hinüberglitt. Er hatte die Größe eines Basketballs, und seine glänzende Oberfläche war zernarbt. Ich holte mehrere Sicherheitssysteme heraus, entfernte den Faraday-Käfig und kehrte zu Jenny zurück. Wir überprüften beide die Einzelteile und besprachen, was zu tun war.

Zuerst reparierten wir einige Fehler an der Schaltung. Mit dem Käfig selbst stand es schlimmer; verschiedene Stromkreise mußten erneuert werden. Mir gefiel das ganze Modell nicht, aber hier draußen ließ sich daran natürlich nichts ändern. Ich arbeitete, während Jenny mir aufmerksam zuschaute. Dann glitt ich zurück zu dem silbernen Basketball, installierte alles und kehrte zur Fähre zurück.

„Nicht schlecht", sagte sie. „Du hast nur dreiundfünfzig Minuten dafür gebraucht."

„Habe ich bestanden?"

„Hmm . . . ja."

Ich grinste. „Ich werde dich zu einem Gläschen einladen, wenn wir zurück sind."

„Zu einem Milkshake?"

„Nein, zu einem richtigen Getränk. Vielleicht Bier, auf jeden Fall Alkohol. Schließlich sind wir jetzt erwachsen."

Auf dem Rückweg schliefen wir.

Als nach sechs Stunden die Brücke uns weckte, fühlte ich mich großartig. Schon seit Tagen hatte ich mich nicht so gut gefühlt.

Ich bugsierte die *Rowdy* ins Dock; wir tankten auf; es sah so aus, als würden wir gut zusammenarbeiten. Die meisten Flüge der Fähre waren zwar kürzer, so daß ein Pilot genügte, aber bei Aufgaben wie dieser zog die Brücke aus Sicherheitsgründen zwei Leute vor.

Dann ging ich mich duschen und versprach Jenny, sie in der Nähe ihrer Waschräume abzuholen. Während ich noch dort herumlungerte, kam – ziemlich atemlos – Zak herbeigerannt. „Ich dachte mir, daß ihr hier seid", keuchte er. „Ich wollte – ich wollte euch unbedingt erreichen."

„Wieso?"

„Kommandeur Aarons hat die ganze Schiffsbesatzung zu einer Versammlung aufgerufen. Sie fängt jetzt gleich an. Ich dachte mir schon, daß ihr die Ankündigung nicht gehört habt, als ihr ankamt."

Jenny tauchte auf. „Was für eine Ankündigung? Was ist los?"

„Kommt schnell", forderte Zak uns auf.

„Ich glaube, wir müssen mitkommen", sagte ich zögernd.

Jenny lächelte und nickte. Wir folgten Zak, der sich schon entfernt hatte. Es tat mir leid, unsere private kleine Party aufschieben zu müssen.

Zak erzählte inzwischen schon lebhaft von einem Gewirr widersprüchlicher Gerüchte, die während des Tages im Labor umgegangen waren. Ich hörte nur mit halbem Ohr zu. Fast alle Plätze waren besetzt, als wir ankamen. Die Fernsehkameras surrten. Trotzdem fanden wir noch drei Plätze nebeneinander in der allerletzten Reihe. Ich entdeckte Mom und Dad, die nebeneinander saßen, die Motos und verschiedene andere. Das Licht war gedämpft, und die Menschen hörten auf zu schwatzen, als Kommandeur Aarons zum Podium in der Mitte der Bühne ging. Er wirkte schrecklich müde. Bevor er zu sprechen begann, hob er die Hand und zupfte nervös an seinem Schnurrbart.

„Ich habe die Pflicht, Ihnen eine wichtige Mitteilung zu machen. Vor zwei Stunden wurde ich vom Exekutivrat der Internationalen Weltraumadministration benachrichtigt. Seit einigen Wochen hat der Rat Überlegungen über den zukünftigen Gang der Forschung im ganzen Sonnensystem angestellt. Die Diskussionen waren umfassend. Die Pläne für die Konstruktion der ersten unbemannten Sonden zu den nahegelegenen Sternen wurden ins Auge gefaßt, aber der Rat beschloß, dieses Programm zunächst zurückzustellen. Wie viele von Ihnen vermutet haben, geschah es auf Befehl des Rats, als der Abflug der *Argosy* sich verzögerte. Erst heute abend habe ich erfahren, warum.

Uns allen ist klar – wie weit wir auch von unserem Heimatplaneten entfernt sein mögen –, daß die wirtschaftliche Krise dort immer schlimmer wird. Das Problem der Überbevölkerung ist keineswegs gelöst. Rohstoffe sind trotz der sich selbst versorgenden Minen im Asteroidengürtel knapp geworden. Allmählich werden alle Vorräte aufgebraucht.

Leider hat der Rat beschlossen, daß jetzt das Laboratorium Sparmaßnahmen auf sich nehmen muß. Nein, eigentlich ist das zu milde ausgedrückt", er blickte zum oberen Ende des Saales hinauf, direkt zu mir, „der Rat hat mir mitgeteilt, daß alle Forschungsarbeiten hier und auf dem Ganymed eingestellt werden. Das Laboratorium ist am Ende . . ."

10

Plötzlich redeten alle durcheinander. Der Kommandeur hörte sich den Lärm einen Moment lang an und machte ihm dann ein Ende, indem er die Hand hob.

„Die *Argosy* wird die Umlaufbahn der Erde innerhalb einer Stunde verlassen. Sie ist leer; keine der Ladungen, die wir bestellt haben, ist an Bord, und auch keine Lebensmittelvorräte. Der Rat hat angeordnet, daß alle nützlichen wissenschaftlichen Instrumente aus dem Labor ausgebaut werden und das gesamte Personal mit der *Argosy* zur Erde zurückkehrt."

„Unmöglich!" rief jemand in den vorderen Reihen.

Der Kommandeur schüttelte den Kopf. „Keineswegs. Der Rat hat genaue Richtlinien für den Abflug geschickt. Wenn wir zusammenrücken, können wir es schaffen."

„Aber warum? Warum so plötzlich?" erklang dieselbe Stimme.

Kommandeur Aarons entspannte sich etwas und lehnte sich gegen das Podium. Er schien froh zu sein, daß die offizielle Ankündigung vorüber war und er nun normal sprechen konnte. „Wir haben immer gewußt, daß es Fraktionen im Rat gibt, die gegen jede Weltraumforschung jenseits von Luna sind. Ich glaube, daß sie seit der letzten Wahl den Ton angeben."

Mr. Jablons stand auf. „Kommandeur, wir haben nicht weniger Geduld als alle anderen. Wir wissen, daß die IWA seit Jahren versucht hat, uns laufend mit kleinen Einsparungen zu schikanieren. Aber das ist keine Einsparung mehr, sondern der Strick des Henkers. Ich bin dafür, daß wir dagegen kämpfen!"

„Richtig!"

„Ich bin auf Jablons' Seite!"

„Schön, meine Herren", sagte der Kommandeur. „Was schlagen Sie dann vor?"

„Der Rat muß entmachtet werden!"

Kommandeur Aarons lächelte schief. „Leider keine sehr praktische Lösung. Sonst ein Vorschlag?"

Mrs. Moto erhob sich. „Wir sind Bürger vieler verschiedener

Länder. Könnten wir nicht über unsere verschiedenen Vertreter einen Appell versuchen?"

„Die Besatzung besteht aus kaum mehr als sechshundert Menschen", antwortete Kommandeur Aarons. „Wir haben nur geringes politisches Gewicht."

„Senator Davidson hat das Labor immer unterstützt. Wir könnten uns an ihn wenden", schlug eine Stimme vor.

Jemand stand auf und winkte, um den Kommandeur auf sich aufmerksam zu machen. Dann sagte er: „Nach den Andeutungen in den Berichten zu urteilen, hat sich Senator Davidson für uns eingesetzt und verloren. Er hat seinen Sitz im Beratungsausschuß aufgegeben."

Der Kommandeur nickte sarkastisch. „Man kann von Senatoren nicht erwarten, daß sie gegen den Strom schwimmen."

Einige Leute nickten ebenfalls; andere schauten bedrückt drein.

Eine Frau stand auf. „Ja, Mrs. Schloffski?" ermunterte sie der Kommandeur. Ich erkannte sie von der Reise auf der *Sagan* her.

„Meine Damen und Herren", begann sie dramatisch, „ich bin zutiefst beunruhigt über die Dinge, die heute abend hier gesagt wurden. Mord und Rebellion sind vorgeschlagen worden. Ich glaube, es ist an der Zeit, daß man vernünftigeren, klügeren Köpfen im Labor Gehör schenkt. Wir haben uns in der Vergangenheit, weiß Gott, vieles gefallen lassen. Ich muß in aller Aufrichtigkeit darauf hinweisen, daß wir heute nicht in solchen Schwierigkeiten wären, wenn der Kommandeur und sein Stab die richtigen Laborangehörigen um Rat gefragt hätten. Ich habe immer gedacht –"

„Möchten Sie einen Diskussionsbeitrag leisten, Mrs. Schloffski?" fragte Kommandeur Aarons sanft.

„Natürlich. Ich wollte sagen, daß die Entscheidung gefallen ist und wir als gute Bürger uns mit dieser Tatsache abfinden und entsprechend handeln sollten. Gewiß können wir niemandem als uns selbst dafür Vorwürfe machen, daß wir hier draußen so wenig von bleibendem wissenschaftlichem Interesse entdeckt haben –"

„Wer sagt das?"

„Woher wollen *Sie* das wissen?"

„– an diesem Ort, der so weit von unserer natürlichen Heimat entfernt ist." Sie warf den Zwischenrufern wütende Blicke zu. „Es gibt eine Anzahl Frauen, die hier Aufgaben übernommen haben, damit sie zusammen mit ihren Männern die Erde verlassen konnten. Sie meinen, daß sie jetzt genug Opfer gebracht haben. Die Lebensbedingungen hier sind erbärmlich. Ich kann mir vorstellen, daß viele von uns froh sein werden, wenn sie nach Hause zurückkehren können."

Mrs. Schloffski setzte sich. Ihr Mann, der den Platz neben ihr einnahm, sagte etwas. Sie fauchte ihn an, er öffnete den Mund und schloß ihn wieder. Danach war er still.

„Kommandeur!" rief meine Mutter, die aufgestanden war. „Ich möchte im Namen der Frauen sprechen, die ich selbst kenne. Wir halten nichts davon, auf die Erde zurückzukehren, bevor unsere Aufgaben hier beendet sind. Wir wollen unsere Männer unterstützen, auch wenn wir nicht jeden Tag saubere, gebügelte Laken haben können."

Darauf brach kurzer Beifall aus. Mehrere Hände waren nach oben gereckt. Der Kommandeur wählte die meines Vaters.

„Ihre Formulierung gibt mir zu denken, Kommandeur. Sie sagten, daß alle mit der *Argosy* zurückfliegen?"

„Richtig."

„Ich glaube nicht, daß das Fusionskraftwerk und die elektrischen Generatoren der automatischen Kontrolle überlassen werden könnten. Das wäre zu riskant. Wir müßten sie abstellen, bevor wir gehen."

„Worauf wollen Sie hinaus?" fragte jemand im Saal.

„Ohne Strom können unsere supraleitfähigen Magneten nicht funktionieren."

Ein Gemurmel entstand, als einige merkten, woran Dad dachte. Kommandeur Aarons runzelte die Stirn und zupfte an seinem Schnurrbart.

„Ohne die Magneten", fuhr mein Vater fort, „kann die Büchse nicht völlig vor der Strahlung des Van-Allen-Gürtels abgeschirmt werden. Elektronen von hoher Energie werden in das Laboratorium eindringen. Innerhalb eines Jahres könnten sie durch ihre Intensität soviel radioaktive Isotope erzeugen, daß die Quartiere unbewohnbar würden. Isotope würden das Labor, Wände und Decks durch ihre Strahlung verseuchen, und niemand wäre mehr imstande, im Labor zu leben."

Die Menge schwieg einen Moment. Ein Ingenieur fragte: „Sie meinen, daß niemals wieder Menschen hierherkommen könnten? Die Büchse wäre verseucht?"

„Vermutlich."

„Dr. Yakana ist verantwortlich für die Strahlungskontrolle. Doktor, sind Sie der gleichen Meinung wie Dr. Bowles?"

Ein hagerer Mann in einer der vorderen Reihen nickte.

„Diese Trottel auf der Erde!" rief jemand.

„Kommandeur!" sagte einer der Raumoffiziere. „Hat der Rat mitgeteilt, daß das Labor aufgegeben werden soll?"

Aarons seufzte. „Meine Befehle besagen, daß die Anlagen reaktiviert werden, wenn die Fiskalpolitik es erlaubt."

In der Menge murmelte es. Ein anderer Offizier erhob sich; es war Leutnant Sharma, ein schwerer, dunkelhäutiger Mann aus Kalkutta. „Sir, ich nehme an, daß die meisten von uns genug von der IWA haben", sagte er. „Stimmt das?" Er wandte sich an die Zuhörer, und man antwortete ihm mit einem Beifallssturm.

„Eines hat der Rat nicht berücksichtigt. Wir brauchen uns nicht auf seine Anweisungen einzulassen. Man kann uns nicht dazu zwingen. Wer würde schon Truppen zum Jupiter schicken?"

„Ich bin dafür, daß wir hierbleiben!" ließ sich eine andere Stimme vernehmen. „Wir weigern uns, an Bord der *Argosy* zu gehen."

Leutnant Sharma schüttelte den Kopf. „Gott schütze mich vor meinen Freunden. Darauf wollte ich nicht hinaus. Nicht alle von uns können hier unbegrenzt weiterleben. Wir brauchen Spurenelemente im Essen, Ersatzteile für das Lebenssystem und unzählige andere Dinge."

„Schön, wie lange könnten wir aushalten?" fragte jemand.

„Das kann ich nicht beantworten", sagte Kommandeur Aarons.

„Ihr drei" – er zeigte auf zwei Brückenoffiziere und den Chef der Wartungsabteilung – „solltet die Köpfe zusammenstecken und eine Schätzung versuchen."

Die drei Männer trafen sich in einem der Gänge und flüsterten. „Etwas weniger als zwei Jahre . . . bis wir ernsthafte Schwierigkeiten bekommen", verkündete schließlich einer von ihnen.

„Danke. Ich bin kein Politiker oder Ökonom, aber ich glaube nicht, daß die Probleme der Erde in zwei Jahren beseitigt sind. Der Rat wird vorher nicht in der Lage sein, weitere Raumschiffe zu schicken, und wenn wir uns jetzt auflehnen, bin ich sicher, daß sie dazu sowieso keine Lust mehr haben."

Leutnant Sharma wirkte verärgert. „Sir, ich hatte andere Vorstellungen."

„Und welche?"

„Der größte Teil der Besatzung muß zur Erde zurückkehren, sonst können wir nicht überleben. Aber wir brauchen das Projekt nicht ganz aufzugeben. Wir könnten eine Wartungsmannschaft zurücklassen, die sich um die Supraleiter kümmert, so daß eines Tages Menschen hierher zurückkehren könnten."

Mr. Moto erhob sich. „Das klingt einleuchtend. Wir sollten auch einige Wissenschaftler hier lassen, um den Jupiter weiter zu beobachten. Sogar einfachste Forschungen werden von unermeßlicher Bedeutung sein."

„Ich melde mich freiwillig", sagte Mr. Jablons.

„Ich auch."

„Alleinstehende sollten Vorrang haben."

„Das ist unfair!"

„Ruhe!" Kommandeur Aarons zupfte an seinem Schnurrbart. „Darüber werden wir später entscheiden." Sein Blick glitt langsam durch den Saal. „Ich meine, daß wir alle zu erregt sind, um jetzt vernünftige Entscheidungen zu treffen. Aber ich möchte Sie alle dazu auffordern, die Sache gut zu überdenken; Ihr Leben könnte davon abhängen. Jetzt bitte ich Sie, nach Hause zu gehen und sich innerhalb der Familie zu besprechen. In ein paar Tagen werden wir uns wieder versammeln. Guten Abend."

Beifall brandete auf, als er das Podium verließ.

Zak, Jenny und ich eilten der Menge voraus und strebten auf meine Wohnung zu. „Was glaubst du, welche Aussichten wir haben hierzubleiben?" fragte mich Jenny.

„Ziemlich mäßige. Du kannst sicher sein, daß wir nicht zu der Restmannschaft gehören würden."

„Warum sollen es denn nur so wenige sein?" meinte Zak. „Wir könnten auf vieles verzichten, zum Beispiel den Stützpunkt auf Ganymed –"

„So daß wir die Wände hochklettern und unter Platzangst leiden würden?" sagte Jenny. „Nein, vielen Dank."

„Wir könnten immerhin die Lebensdauer einiger unserer Maschinen dadurch verlängern, daß wir sie nicht so oft benutzen. Dadurch könnten wir auch Treibstoff sparen."

„Und wenn ein Satellit nicht mehr mitmacht, kümmern wir uns einfach für einen Monat nicht um ihn?" fragte Jenny und warf den Kopf zurück. „Welchen Zweck hat es, hier draußen zu bleiben, wenn wir unsere Forschungen vernachlässigen?"

„Ich finde, wir sollten uns an die Entscheidung des Kommandeurs halten und nicht herumnörgeln", warf ich ein. „Wenn die *Argosy* ankommt, wird es sowieso hart auf hart gehen."

„Was meinst du damit?" wollte Jenny wissen.

„Ich bin nicht davon überzeugt, daß der Rat mit unserem Gehorsam rechnet. Es könnten einige Soldaten auf dem Schiff sein."

„Die Brückenoffiziere haben Feuerwaffen", sagte Zak.

„Ich weiß. Es ist dumm, eine Handwaffe in einem Raumschiff abzuschießen, aber es könnte geschehen. Ein mißlungener Schuß, und jeder auf dem betreffenden Korridor wird ein Vakuum einatmen müssen."

„Hast du einen besseren Einfall?" fragte Zak.

„Klar." Ich grinste. „Sich zu verstecken. Ein paar von uns bleiben zurück, versteckt –"

Wir kamen gerade an einer Kreuzung von zwei Rohren vorbei.

„Typisch", sagte eine bekannte Stimme. „Aber ich hätte nicht gedacht, daß du es zugeben würdest, Bowles." Juri schritt auf uns zu.

„Was zugeben?" fragte ich.

„Ein Feigling zu sein", fuhr Juri fort. „Du willst dich also vor der Besatzung der *Argosy* verstecken? Glaubst du, daß sie die zurückgelassene Mannschaft nicht vermissen wird?"

„Genauso hatte ich es mir gedacht", gab ich ironisch zu.

„Du würdest also nicht wie ein Mann mit ihnen kämpfen?" Er lächelte selbstbewußt. „Nein, du würdest die Stammbelegschaft lieber verstecken und dich wie ein Feigling verhalten." Jennys und Zaks wegen spielte er die Szene voll aus. Er verschränkte lässig die Arme und grinste mich spöttisch an.

„Ärgere ihn nicht, Juri", sagte Jenny. Ihre Stimme hatte einen bittenden Unterton, als müsse sie mich in Schutz nehmen.

„Sein Vergnügen!" versetzte ich und schlug ihm auf den Mund.

Er wirkte überrascht und dann wütend. Der Schlag hatte nicht sehr weh getan. „Du, du . . ." stieß er hervor und senkte die Arme. Ich zwinkerte und bildete mir ein, ihn im flimmernden gelben Sonnenlicht von Costa Mesta stehen zu sehen.

Ich schlug noch einmal kräftiger zu. Diesmal wich er unter dem Hieb zurück und traf meine Rippen schmerzhaft. Plötzlich fühlte ich Furcht.

Dann verlor ich den Überblick. Ich benutzte die Fäuste und Ellbogen und versuchte sogar, ihn mit dem Kopf zu stoßen, aber Juri trieb seine Fäuste in meinen Körper, so daß ich unter jedem Schlag taumelte und meine Augen trübe wurden. Wenn ich aushielt und darauf achtete, wie er den Schwerpunkt verlagerte, bevor er zuschlug, konnte ich das Schlimmste vermeiden. Das bedeutete auch, daß ich siegen würde, da mich, wie ich mir sagte, nichts davon abhalten würde, Juri zu Brei zu hauen.

Der Staub, das höhnische Gelächter, die blendende Sonne . . . aber . . . meine . . . Arme waren so schwer . . . sie brauchten ewig lange, um auszuholen und Juri zu treffen; und wenn es gelang, spürte ich den Schock bis in die Schulter. Ich wurde langsamer, und Juri wurde schneller. Jetzt fühlte ich den durchdringenden Schmerz seiner Treffer . . .

Aus der Ferne hörte ich eine Stimme: „He! Hört auf!" Eine Hand wirbelte mich herum. Es war einer der Brückenoffiziere, der mich finster anstarrte. Ich konnte mich nicht an seinen Namen erinnern. Furcht und Abscheu vor mir selbst erfüllten mich.

„Habt ihr Jungen nichts Besseres zu tun, als euch zu prügeln, wenn das Labor in so großen Schwierigkeiten steckt?"

„Ich passe jetzt auf, Sir", sagte Zak und zog mich am Ärmel.

Juri ließ die Fäuste sinken und schnaubte mich verächtlich an. Jenny stieß ihn zurück.

„Es – es wird nicht wieder vorkommen", keuchte ich.

Der Brückenoffizier verschwand, und ich wurde einen Korridor hinab nach Hause geführt. Halb blind stolperte ich vorwärts.

Mom verpflasterte mich, desinfizierte die Prellung über dem Wangenknochen und gab mir ein Beruhigungsmittel. Ich war sofort weggetreten. Am nächsten Morgen konnte ich mich kaum an das entsinnen, was geschehen war, obwohl ich mit einem dumpfen Summen im Kopf erwachte.

Weder Mom noch Dad erwähnten die Prügelei beim Frühstück, und ich auch nicht. Verlierer tun das selten. Wir sprachen jedoch über die Versammlung. Dad ließ sich recht salbungsvoll über seine Familienpflichten und über die Tatsache aus, daß der Rat vielleicht niemals eine Hilfsexpedition zur Stammannschaft der Büchse hinausschicken würde. Es war der IWA durchaus zuzutrauen, daß sie das Problem mit all seinen politischen Komplikationen fallen lassen und vielleicht sogar vergessen würde, daß noch Menschen um den Jupiter kreisten.

Deshalb, meinte Dad, würde die Familie Bowles mit der *Argosy* zurückfliegen. Ich wies darauf hin, daß ich bei der Ankunft der *Argosy* achtzehn und damit offiziell ein unabhängiger Mensch sein würde. Das kam nicht gut an. Dad runzelte die Stirn, und bei Mom zeigten sich Tränen in den Augenwinkeln.

„Schließlich", brachte ich verlegen hervor, „weiß keiner, ob die IWA nicht doch zurückkehrt. Dann könnte ich immer noch mit zur Erde fliegen."

Dad seufzte. „Nein, darum geht's nicht."

„Worum denn?"

„Du würdest ein Fremder für uns sein, Matt", erklärte Mom. „Die nächsten paar Jahre sind die letzten, die wir noch als Familie zusammen sind und dann . . ."

„Leyetta", mahnte Dad. „Sei still. Der Junge muß jetzt seinen eigenen Weg finden."

„Aber so habe ich es doch gar nicht gemeint", sagte ich. Mir war nicht wohl in meiner Haut. „Ich will die Familie nicht auseinanderbrechen. Aber wenn sich die Chance ergibt, hierzubleiben . . ."

„Dann solltest du sie nutzen", ergänzte Dad entschlossen. „In deinem Alter hätte ich dasselbe getan."

„Paul!"

„Es stimmt, Leyetta. Ein Mann muß seine eigenen Entscheidungen treffen."

„Mach dir keine Sorgen, Mom. Wahrscheinlich werde ich ja doch nicht zu denen gehören, die bleiben sollen."

„Wenn du wirklich hierbleibst, Matt", sagte Dad langsam, „besuche uns wenigstens ab und zu auf der Erde. Wir wollen die Verbindung mit dir nicht ganz verlieren."

„Wieso? Ihr werdet doch beide hierher zurückkehren, sobald die IWA wieder zur Vernunft kommt."

Mom schüttelte den Kopf. „Nein, Matt. In ein paar Jahren wird es andere geben, die genauso fähig, aber jünger sind."

„Nein!"

„Ich fürchte, ja." Dad lächelte. „Aber darüber wollen wir uns jetzt keine Gedanken machen. Vielleicht wird sich ein Weg finden, die Vorschriften zu umgehen. Wer weiß? Was mich am meisten ärgert, ist, daß wir so nahe daran waren. Wir hätten fast Leben gefunden, und jetzt kann es Jahrzehnte – oder Jahrhunderte – dauern, bevor die Menschen wieder eine Chance erhalten."

„Ich verstehe nicht, warum du so überzeugt bist, Paul", sagte Mom. „Ich habe bisher nur von einer endlosen Serie negativer Versuche gehört."

„Die Atmosphärischen Studien gehen mit ihren Sonden immer tiefer. Wenn es dort irgend etwas gibt – und es muß einfach etwas geben –, werden sie es finden."

„Vielleicht finden sie etwas, bevor die *Argosy* eintrifft", meinte ich hoffnungsvoll. „Damit hätten wir die Kastanien aus dem Feuer geholt."

„Stimmt." Dad seufzte. „Aber wir müssen einen Teil unserer Arbeitszeit darauf verschwenden, das Labor zu schließen, zu pakken und alle Daten zu ordnen, die wir schon haben."

Bald nach dieser Unterhaltung brach ich auf. Mom und Dad schienen nicht mehr viel Hoffnung zu haben. Trotz der Unbequemlichkeiten zogen sie das Leben in der Büchse dem auf der Erde vor, und ihnen graute vor der Rückkehr. Aber sie hatten sich offenbar damit abgefunden.

Ich marschierte halb um die Achse herum und nahm dann einen Lift nach innen zum Studentenzentrum. Eine lange Schlange stand vor dem Büro. Ich schaute mich um und fand Zak an ihrem Ende.

„Was ist los?"

„Sie schreiben die Namen derjenigen auf, die hierbleiben wollen."

„Das ist genau das Richtige für mich." Ich stellte mich an. „'ne ganze Menge vor uns."

„Die haben schon den ganzen Morgen gewartet. Aber ich glaube nicht, daß es etwas ausmacht, wann man sich einträgt. Man wird uns nach unseren Fähigkeiten auswählen."

„Das wäre vernünftig."

„Für dich vielleicht. Ich werde wahrscheinlich schon beim erstenmal gestrichen, wenn der Brückenoffizier die Liste liest."

„Wie kommst du darauf?"

„Ich kann nur mit Computern umgehen. Das ist alles. Ich kann keine Fähre lenken wie du, und ich verstehe nichts von Elektronik. Meistens habe ich mich nur mit Mathematik beschäftigt und gelernt, wie man Antworten aus diesem Riesenbaby von Rechenbrett herauskitzelt."

„Vielleicht hast du recht. Wenn man sich nur eine kleine Besatzung leisten kann, ist es wohl am besten, sich Spezialisten für mehrere Richtungen auszusuchen."

„Das meine ich auch. Na, jedenfalls will ich es versuchen. Die Erde wird kein Vergnügen, aber ich bin immer noch besser dran als einige von euch."

„Wieso?"

„Erinnerst du dich an den Reklamespruch: ‚Man wird nie ohne Computer auskommen?' Ich kann immer irgendwo Arbeit kriegen und mich mit Theorie beschäftigen."

„Für Fährenpiloten wird's wohl nicht mehr viel zu tun geben, da die Raumforschung jetzt abgebrochen wird."

„Der Nächste!" Zak war jetzt an der Reihe. Er gab die übliche Auskunft und wurde mit einem Wink weitergeschickt. Der Brückenoffizier schaute mit saurem Gesichtsausdruck zu mir auf.

„Matt Bowles", sagte ich. „Haben Sie eine Ahnung, wie viele sich schon eingetragen haben?"

„Zu viele. Deine Arbeit?"

„Fährenpilot. Ich verstehe auch etwas von Elektronik."

„Wer tut das nicht?"

„Und ich habe eine Zeitlang in der Monitorabteilung gearbeitet."

„Dein Vater ist der Abteilungsleiter, nicht wahr?"

„Ja."

Der Offizier machte eine Notiz. Vielleicht dachte er, daß Dad mich nur der Form halber hatte mitlaufen lassen.

„Wie werden Sie auswählen?" fragte ich neugierig.

„Wir fangen mit denen an, die keine Fragen stellen. Der Nächste!"

Zuerst spazierte ich mit Zak umher. Überall drängten sich Menschen. Aber unsere Unterhaltung führte nicht weiter – schließlich war die Ankunft der *Argosy* noch mehr als sieben Monate entfernt. Also machte ich mich auf den Weg zum Labor von Mr. Jablons.

Ich war fest entschlossen, nicht mehr über Politik zu reden; davon bekam ich höchstens Kopfschmerzen. „Eigentlich wollte ich Sie um einen Rat bitten", sagte ich und vermied das nächstliegende Thema. „Ich war gestern draußen und fand einen miesen alten Faraday-Käfig auf Satellit 14. Könnten wir nicht etwas Besseres anbringen?"

„Hm", machte Mr. Jablons. „Was ist mit dem Modell, das wir beide uns im letzten Jahr überlegt haben?"

„Tja . . ." Ich zögerte. „Alle, die wir gebaut haben, funktionierten hier im Labor ausgezeichnet, aber sie sind noch nicht im Raum erprobt worden."

„Wir haben sie zweitausend Stunden lang gebacken, bestrahlt und was nicht alles. Sie haben standgehalten."

„Richtig. Sie sind auf jeden Fall besser als das alte Modell, das ich gestern sah."

„Auf welchem Satelliten?"

„Nummer 14."

„Ach ja. Nummer 17 hat den gleichen Typ. Ich habe den Leuten schon seit Jahren zugesetzt, diese Dinger auszutauschen. Die Bahnen von 14 und 17 sind beide in der Nähe der Pole. Dadurch kann man sie mit der Fähre schwer erreichen. Bis jetzt wollte sich niemand die Zeit nehmen, um etwas zu ersetzen, das ohnedies funktioniert."

„Ich würde es schon machen. Die alten sind nicht empfindlich genug für diese Aufgabe. Lassen Sie uns doch unsere Käfige aus dem Lager holen."

Es dauerte ein paar Stunden, bis ich die neuen Faraday-Käfige überprüft und für den Transport mit der Fähre sorgfältig verpackt hatte.

Es war angenehm, etwas zu tun und die IWA, Juri und die ganze verfahrene Lage zu vergessen. Ich ging zur Brücke, um einen Flugplan anzufordern, der sowohl 14 als auch 17 einschloß; es hatte keinen Sinn, zwei Reisen zu machen. Ich hätte den Plan über das Bordtelefon erbitten können, aber ich wollte die Nase ins Nervenzentrum der Büchse stecken und etwas herumschnüffeln.

Die Brücke liegt etwa ein Drittel der Büchsenhöhe unter dem oberen Rand, genau an dem Punkt, der durch die Restmasse der Büchse am gründlichsten vor Strahlung geschützt ist. Der Hauptgrund dafür ist, daß die magnetischen Speicherelemente in den Computern abgeschirmt werden müssen; außerdem werden die Kommunikationswege verkürzt.

Ich kam an einem Wachoffizier vorbei, aber dann war es aus. An der Tür zur Brücke selbst hielt mich ein anderer Offizier an und fragte nach meinen Wünschen. Ich konnte in den verdunkelten Bereich dahinter sehen, in dem Sichtschirme flimmerten und so schnell neue Informationen anzeigten, daß ein untrainiertes Auge ihnen nicht folgen konnte. Kommandeur Aarons unterhielt sich mit einigen Zivilisten – ich konnte nicht erkennen, wer sie waren – und zeigte auf ein großes Schaubild von Erde und Jupiter, möglicherweise mit der Flugbahn der *Argosy*.

Der Offizier holte mir den Plan. Dann räusperte er sich und fragte, ob ich sonst noch etwas wolle. Es blieb mir nichts anderes übrig, als zu gehen.

Ich zuckte mit den Achseln und machte mich auf die Suche nach Jenny. Es war nicht schwierig, sie zu finden, da sie in der Schlange stand, die sich für die Stammbelegschaft eintrug.

„Was soll das?"

„Rate mal."

„Junge, Junge!" sagte ich. „Jede Mücke möchte gern zum Elefanten werden."

„Und warum sollten keine Mädchen zur Stammannschaft gehören?"

„Ich habe eigentlich nichts dagegen." Dann fiel mir etwas ein. „Glaubst du denn wirklich, daß der Kommandeur zwei Fährenpiloten aussuchen wird?"

„Natürlich nicht. Oh . . . Ich verstehe. Sie werden nur einen von uns nehmen."

„Wenn man überhaupt einen Fährenpiloten braucht, was ich bezweifle. Die Stammannschaft wird ja, mit ein paar Ausnahmen, nur für die Wartung da sein."

Als sie an die Reihe kam, zog der Brückenoffizier die Augenbraue hoch, sagte aber nichts. Das Militär hat sich niemals besonders für die Gleichberechtigung der Frauen eingesetzt.

Als sie fertig war, fragte ich: „Hast du Zeit, ein bißchen zu arbeiten?"

„Woran?"

Ich erzählte von den Faraday-Käfigen.

„Sicher", sagte sie. „Mir ist alles recht, um rauszukommen."

Ich teilte meinem Vater über das Bordtelefon mit, daß ich bis nach Mitternacht, Ortszeit, fort sein würde. Mom sollte nicht mit dem Abendessen auf mich warten, da ich genügend Rationen mitnehmen würde. Dad hatte, außer Gerüchten, nichts Neues gehört. Inzwischen wurde verbreitet, daß Kommandeur Aarons bei der IWA einen formellen Protest eingelegt habe, ohne sich allerdings viel davon zu versprechen.

Dad erwähnte, daß die Monitorabteilung weitere Felsschauer registriert hatte, die auf die Pole des Jupiter zutrieben; sie schienen nun zu einer alltäglichen Erscheinung geworden zu sein. Die Astronomen waren damit beschäftigt, ihre Ursache herauszufinden.

Auf dem Weg zur Schleuse erzählte ich Jenny von den Gerüchten. „Ist das alles, was er tun kann: einen formellen Protest einlegen?" meinte sie. „Davon haben wir auch nichts."

„Bis die *Argosy* kommt, gibt es nur Worte. Danach ist genug Zeit für Aktionen. Der Kommandeur hat sowieso schon viel für das Labor geopfert."

„Wieso denn?"

„Du weißt doch, daß alle Brückenoffiziere Soldaten sind. Als Leutnant Sharma seine Rede hielt, forderte er den Kommandanten gewissermaßen zur Befehlsverweigerung auf, und Aarons hat nichts dagegen eingewendet. Sogar wenn er uns zur Erde bringt und eine Restbesatzung hier läßt, wird man ihm den Abschied geben. Die Karriere der Brückenoffiziere war, im Grunde genommen, gestern zu Ende."

„Das war mir nicht klar."

„Wir sind Zivilisten, deshalb denken wir nicht so. Der Kommandeur wird nie davon reden, aber es ist eine Tatsache. Wenn wir auf der Erde sind, werden wir eine kleingedruckte Notiz darüber lesen, und damit hat's sich."

Jenny schwieg. Ich glaube nicht, daß sie die Vorgänge bis dahin durchschaut hatte.

11

Wir nahmen wie das letzte Mal die *Rowdy*; ich lag auf der Pilotencouch. Der Flugplan war schon in den Computer eingegeben worden. Wir jagten auf einer langen, elliptischen Bahn von der Büchse weg. Jupiter erschien als bräunliche, gestreifte Sichel, die dünner war als bei unserem letzten Flug. Die Satelliten 14 und 17 kreisten beide auf Polarbahnen, so daß wir unsere Geschwindigkeit beträchtlich ändern mußten, um beide abzufangen. Die Flugzeit umfaßte mehr als sechs Stunden. Ich versuchte, mich auf das Warten einzustellen, überprüfte aber immer wieder nervös die Messungen und Armaturen.

„He, beruhige dich“, sagte Jenny. „Was gibt's?“

„Ich mache mir Sorgen wegen der Meteoriten“, antwortete ich, obwohl das nicht ganz stimmte.

„Das verstehe ich.“ Jenny nahm meine Bemerkung ernst. „Ich habe von der Brücke erfahren, daß Ishi von einem der Schwärme getroffen wurde, die in letzter Zeit auftreten.“

„Und warum hat man ihn nicht gewarnt?“

„Auf dem Radarschirm war der Schwarm weit von ihm entfernt. Es muß einige kleinere Stücke gegeben haben, die nicht angezeigt wurden. Alles schön normal.“

„Wie kommt es, daß man uns überhaupt hinausläßt?“

„Man nimmt an, daß eine Pause eingetreten ist. Zur Zeit kommen keine Meteoritenschauer vom Asteroiden-Gürtel.“

„Aber von dort her stammen sie? Wir wissen nicht das geringste von ihnen oder von diesen Stürmen oder von dem, was womöglich mit uns geschehen wird, wenn . . .“

„Langsam, langsam . . .“ Jenny tätschelte sanft meinen Handschuh. „Laß dich nicht von deinen Problemen überrollen.“

Also sprachen wir uns aus. Ich erzählte ihr von meinem Ärger über Juri, davon, daß ich gleichzeitig auf ihn wütend war und vor ihm Angst hatte.

Mit mir verglichen schien Jenny gelassen und selbstbewußt. Nachdem ich mit ihr geredet hatte, fühlte ich mich ebenfalls etwas besser. Zwischen den Rückrufen an die Brücke, der Beobachtung der Stürme, dem Essen und einigen Ruhepausen unterhielten wir uns und sannen über die Ereignisse nach. Die Zeit verging schnell.

Als wir uns Satellit 17 näherten, war er zunächst nur ein schimmernder, weißer Punkt; dann schwoll er zu einer trüben Kugel an, die noch altersschwächer als Satellit 14 war. Sie wurde von körnigen Flecken bedeckt, an denen die polierte Metalloberfläche matt geworden war und aus irgendeinem Grund eine bläulich goldene Tönung angenommen hatte. Ich machte ein paar Aufnahmen für Mr. Jablons.

Es dauerte ziemlich lange, den neuen Faraday-Käfig anzubringen. Jenny verließ die *Rowdy*, um mir zu helfen, da es unmöglich war, gleichzeitig alles festzuhalten und Vakuumschweißungen durchzuführen. Ich konnte nicht einmal magnetische Klammern benutzen, um die Teile zu befestigen, weil die Felder einige der Instrumente im Satelliten hätten stören können.

Die Brücke und die Monitorabteilung bestätigten, daß der neue Faraday-Käfig einwandfrei funktionierte. Ich glaubte, Dads Stimme zu erkennen.

Der Ionenantrieb der *Rowdy* brachte uns hinüber zur Bahn des Satelliten 14; dabei hatten wir dauernd Höchstgeschwindigkeit, um die Zeit aufzuholen, die ich bei der Bastelei an 17 verloren hatte. Ich entdeckte 14 und versuchte, etwas Zeit zu gewinnen, indem ich bei der Annäherung mit der Hand steuerte, doch ich schätzte die Entfernung nicht ganz richtig ein. Dadurch flogen wir über den Satelliten hinaus und mußten uns mit den Manövrierdüsen wieder heranarbeiten.

Diesmal erledigte Jenny viel von der Fleißarbeit bei der Anbringung. Meine Reflexe waren nach den vorausgegangenen Arbeiten nicht mehr die besten, aber es gelang uns trotzdem, alles innerhalb der von der Brücke angegebenen Zeit zu schaffen. Die Order für unseren Rückflug kam gerade, als wir den Käfig festgemacht hatten. Ich ließ die Fähre so heftig starten, daß wir eine dünne violette Spur hinter uns herzogen. Dann waren wir auf dem Rückweg.

Jemand hat einmal behauptet, daß Raumflüge aus Stunden der

Langeweile bestehen, die von Sekunden des Schreckens unterbrochen werden. Nun, der Flug mit dem Autopiloten jagt einem nicht allzuviel Schrecken ein, dafür genug Langeweile. Jenny und ich schliefen während fast des ganzen Fluges. Einmal weckte mich die Brücke, um zu melden, daß sich die Sturmbewegungen auf dem Jupiter fortwährend verstärkten. Aber alles ging gut.

Als ich die *Rowdy* an ihren Liegeplatz gebettet hatte, füllte ich die Treibstofftanks auf und begann mit einer Reihe von Kontrollen, um mich zu überzeugen, daß die Instrumente in Ordnung waren.

„Willst du denn gar nicht heim?" fragte Jenny. Sie war gerade aufgewacht und etwas lustlos.

„Natürlich", erwiderte ich. „Aber ich möchte sicher sein, daß die *Rowdy* sofort funktioniert, wenn man sie wieder braucht."

„Mmh." Jenny reckte sich. „Wie lange sind wir draußen gewesen? Vierzehn Stunden – und du bist immer noch nicht großzügiger geworden?"

„Ein richtiger Cowboy tränkt sein Pferd, ehe er selbst was kriegt."

„Mit einem Mal ist sie also ein Pferd? Ich dachte, sie sei ein Rowdy."

„Hör schon auf." Ich grinste ihr durch meinen Gesichtsschirm hindurch zu. „Mal sehen, wer zuerst an der Luftschleuse ist. Außerdem – und das ist ein Sonderangebot – lade ich dich jetzt endlich zu dem Gläschen ein!"

Am nächsten Morgen wachte ich mit einem seltsamen Brummen im Kopf auf; meine Augen konnten nichts klar erkennen. Als ich aufstand, war ich fast davon überzeugt, daß in meinem Schlafzimmer nun null G herrschte. Nichts bewegte sich so, wie es sollte.

Die Symptome waren mir bekannt. Ich hatte mich genauso gefühlt, als Dad mich mit dem schwarzen Johannisbeerwein bekannt machte, den Mom aus der Hydroponischen Abteilung mitgebracht hatte. Wenn man keine Widerstandskraft und wenig Erfahrung hat, braucht es nicht viel, um sich den Geist zu vernebeln.

Der Abend war sehr hübsch gewesen. Wir hatten in einer Ecke der verdunkelten Bar gesessen und uns einige erstaunte Blicke der Wachoffiziere eingehandelt, die nach dem Dienst hereinkamen. Nach Mitternacht war fast niemand mehr da, so daß wir unbeobachtet „erwachsen" hatten spielen können.

Ich hatte mich wie üblich etwas unbeholfen benommen, als ich Jenny nach Hause begleitete und ihr einen Gutenachtkuß gab. Jetzt hatte ich einen Kater. Aber ich würde mich an derlei gewöhnen . . .

Nach einem kräftigen Frühstück, das meinen Blutzuckergehalt heben sollte, fühlte ich mich wesentlich besser. Ich erreichte das Studentenzentrum zu einem Zeitpunkt, an dem unter normalen Umständen die morgendliche Kaffeepause stattgefunden hätte. Jugendliche drängten sich in den Gängen und tauschten Gerüchte aus; eine besonders dichte Gruppe hatte sich vor dem Schwarzen Brett gebildet. Ich drückte mich nach vorn und sah nur eine einzige getippte Mitteilung:

ICH BITTE, ZUR KENNTNIS ZU NEHMEN, DASS *NUR* UNVERHEIRATETE VOLLJÄHRIGE MÄNNER BERÜCKSICHTIGT WERDEN KÖNNEN, WENN EINE STAMMANNSCHAFT IM LABOR ZURÜCKGELASSEN WERDEN SOLLTE.

KOMMANDEUR AARONS

„Puh!" machte ein Mädchen neben mir. „Damit bleiben nur noch Offiziere übrig."

„Und ein paar Techniker", meinte ein Junge.

„Und ich", warf ich ein.

„Hast du es nicht gelesen?" fragte das Mädchen. „‚VOLLJÄHRIG' bedeutet ‚keine Jugendlichen'."

„Achtzehn ist wohl alt genug", sagte ich.

„Kaum", meinte der Junge. „Das bedeutet nur, daß du wahlberechtigt bist und eine Waffe tragen darfst."

„Gibt es keine bessere Definition?" fuhr ich ihn an.

Der Junge zuckte mit den Schultern. „Du kannst dich ja auf eine

Diskussion mit Aarons einlassen. Ich habe nur eine Vermutung geäußert."

„Ich brauche mehr als eine Vermutung." Damit drehte ich mich um und kämpfte mich durch die Menge hindurch. Insgesamt gibt es nicht viele Jugendliche in der Büchse, aber sie schienen sich alle im Zentrum aufzuhalten. Ich fragte mich, ob überhaupt jemand arbeitete. Dann wurde mir klar, daß es den meisten wahrscheinlich gleichgültig geworden war. Sie hatten sich schon darauf eingestellt, zur Erde zurückzufliegen.

„He! Wohin des Weges?"

„Hallo, Zak!" Ich blieb stehen.

„Ich gehe zur Brücke."

„Nicht nötig. Ich habe den Trick auch schon versucht. Aber fünfzig andere waren vor mir da. Dort ist es überfüllt. Außerdem rücken sie auch keine Informationen raus."

„Sie müssen doch den Anschlag erklären."

„Sie *müssen* gar nichts."

„Der Kommandeur wollte wohl verhindern, daß ihn die Leute dauernd mit Fragen belästigen. Deshalb klammerte er die meisten von vornherein aus."

„Und was ist mit uns?"

„Wer weiß? Vielleicht dürfen Achtzehnjährige bleiben, oder vielleicht hält sich der Kommandeur an diejenigen, die schon lang dabei sind. Ich wäre nicht überrascht, wenn er nur Offiziere nehmen würde."

„Was hätte er davon?"

„Na, überleg mal! Was haben die schon zu verlieren? Auf der Erde werden sie in den vorzeitigen Ruhestand versetzt, weil sie sich Befehlen widersetzt haben. Warum sollten sie also zurückkehren?"

„Ich hoffe bloß, daß sie nicht alle Plätze besetzen."

„Du möchtest also allen Ernstes hierbleiben, nicht wahr?" Zak blickte mich merkwürdig an.

„Klar. Du nicht?"

„Schon, aber ich bin nicht *so* wild drauf. Es wird ziemlich riskant in der Büchse, wenn uns die *Argosy* und die *Rambler* nicht mehr unterstützen."

,,Denk an all den Stoff, den du für dein Tagebuch bekommen würdest! Es würde ein Bestseller."

,,Na und? Es gab Leute, die hielten einen Tag für verloren, wenn sie nicht etwas in ihr Tagebuch geschrieben hatten, z.B. der alte Boswell. Unter diesem Zwang leide ich nicht. Es gibt bessere Gründe, etwas zu tun, als den Stoff für ein Tagebuch zu sammeln."

,,Es wird also keine aufregenden Beschreibungen mehr vom Leben unter den Supermännern geben?"

,,Höchstens, wenn man mich für die Restbesatzung aussucht. Außerdem hege ich tief in meiner poetischen Seele einige Zweifel an der ganzen Sache."

,,Zum Beispiel?" Ich blickte zur Uhr. ,,Du, ich möchte hinüber zur Monitorabteilung, um mit meinem Vater zu sprechen. Komm doch mit. Du kannst ein bißchen Training brauchen."

,,Gesundheitsapostel!"

,,Dann kannst du mir deine Bemerkung erklären!"

Wir fuhren mit dem Lift einige Stockwerke abwärts und begannen, durch ein Gewirr von Laboratorien zu wandern, um die Monitorabteilung zu erreichen.

,,Hör zu", sagte Zak und breitete die Hände aus, ,,wenn du unbedingt willst, kannst du mich einen Erdenwurm nennen, aber mir scheint, daß es hier auch ein ethisches Problem gibt. Die IWA ruft uns zurück, weil die Erde das Geld für soziale Zwecke benötigt. Das Leben dort ist wirklich kein Spaß. Die Leute essen Algenpastetchen und treten einander auf die Füße."

,,Wir auch."

,,Aber freiwillig. Die Menschen in Indien haben sich nicht dazu gemeldet. Sie wurden in diese Verhältnisse hineingeboren. Welches Recht haben wir oder die IWA oder sonst irgend jemand, Geld zu beanspruchen, das ihnen helfen könnte?"

Wir gingen für eine Weile schweigend weiter. ,,Ich weiß nicht", sagte ich schließlich. ,,Vielleicht sprechen wirklich alle moralischen Argumente gegen uns. Aber ich habe das Gefühl, daß es noch andere Gesichtspunkte gibt. Nach deiner Logik hätte Kolumbus zu Hause bleiben müssen, bis es in Europa keine Armensiedlung mehr gegeben hätte."

„Richtig."

„Wie lange hätte das gedauert?" fragte ich.

„Keine Ahnung. Die gibt es immer noch."

„Und wird es auch in Zukunft geben. Und die Ansprüche jedes einzelnen steigen laufend." Ich hatte die Hände in die Taschen gesteckt und dachte nach. „Ich kann einfach das Gefühl nicht loswerden, daß wir etwas Entscheidendes aufgeben, wenn wir etwas wie das Jupiterprojekt preisgeben. Sind das nicht die Dinge, für die die Menschen leben?"

„Wir werden vielleicht später wieder hierherkommen", erwiderte Zak.

„So? Wann? In tausend Jahren? Es hat Epochen in der Geschichte der Erde gegeben, in denen die Menschen sich kaum von der Stelle gerührt haben, weil sie zu arm, zu schwach oder zu furchtsam waren, um etwas Neues zu versuchen. Das könnte wieder geschehen."

„Vielleicht, vielleicht auch nicht", widersprach Zak. „Du weißt nicht, wie es weitergeht."

„Das ist es eben: Man *kann* es nicht wissen. Wir glauben, daß sich neue Erkenntnisse eines Tages lohnen werden, aber wir sind nicht sicher. Wir wissen nur, daß es immer so gewesen ist. Warum sollte es von Vorteil sein, etwas über den Jupiter zu erfahren? Darauf gibt es keine Antwort. Wir können es erst wissen, wenn wir lange genug hier waren. Ist es eine gute Idee, Ganymed der Erde nachzubilden? Die Antwort darauf werden wir erst in einem Jahrhundert oder später bekommen, wenn überhaupt. Wenn wir es aber nicht versuchen, wie soll dann je irgendwo eine autarke Gemeinschaft entstehen? Die Soziologen meinen, daß kleine unabhängige Gemeinschaften auf lange Sicht am besten für die Menschen sind; in ihnen bleiben sie glücklich und produktiv. Auf Ganymed könnte diese Theorie ausprobiert werden; denn auf der

Erde gibt es solche Gemeinschaften seit Jahrhunderten nicht mehr. Das ist eben das Problem", fuhr ich fort. „Die Geschichte der Menschheit ist ein langes, nicht wiederholbares Experiment. Niemand wird es völlig durchschauen. Deshalb sollten wir alles versuchen, um herauszufinden, welche Aussichten wir haben."

„Ist die Vorlesung zu Ende?"

„Ja. Bedaure . . ."

„Keine Ursache. Vielleicht hast du recht. Es klingt ganz überzeugend. Irgend etwas stimmt wohl nicht an der Theorie, die verlangt, Michelangelo hätte kein Geld für die Arbeit an der Sixtinischen Kapelle bekommen sollen, solange nicht jeder Rindfleisch aß."

Ich nickte Zak zu. Wir hatten den Monitorraum erreicht, und er winkte, bevor ich hineinging.

Dad blickte von seinen Notizen auf. Mr. Jablons war bei ihm. „Tritt ein, mein Junge. Du kommst gerade recht, um festzustellen, ob deine Faraday-Käfige richtig arbeiten."

Bei ihnen war ein dritter Mann, der ein afrikanisches Gewand trug. Er kam mir bekannt vor.

„Matt, das ist Dr. Kadin, der Wissenschaftliche Direktor des Laboratoriums.“ Dr. Kadin verbeugte sich leicht und lächelte. Mir fiel ein, daß er Dads Chef war – und nicht nur das, er leitete alle wissenschaftlichen Forschungen in der Büchse und auf Ganymed. Ich verbeugte mich ein wenig und fragte mich, warum er wohl hier war.

„An den Jupiterpolen brauen sich schwere Stürme zusammen“, wandte Dr. Kadin sich an mich. „In den letzten Wochen habe ich mit den Astrophysikern zusammen versucht, eine Erklärung zu finden. Wir hatten nur geringe Erfolge, aber wir nehmen an, daß die Stürme große Elektronenschwärme und andere Teilchen aus der Atmosphäre des Jupiter verdrängen. Wenn sie einmal aus der Schicht aus Ammoniakwolken ausgestoßen sind, können sie von den Magnetfeldern des Jupiter eingefangen und in die Van-Allen-Gürtel geleitet werden. Das ist natürlich nur eine Hypothese . . .“ Er lächelte etwas und zeigte dabei seine unglaublich weißen Zähne.

„Es ist gut, daß du die neuen Käfige angebracht hast“, warf Mr. Jablons ein. „Durch sie werden wir einen weit besseren Überblick über die Elektronenkonzentration bei Satellit 17 und 14 erhalten.“

„Weil 17 und 14 dicht an den Polen vorbeikommen?“ fragte ich.

„Richtig“, sagte Dr. Kadin mit Nachdruck. „Wenn dein Modell unter hoher Partikeleinwirkung funktioniert, könnten wir einige wichtige Daten bekommen. Wir haben eine Theorie, daß diese Partikel tief in der Atmosphäre des Jupiter entstanden sind, vielleicht tiefer, als unsere Sonden jemals gelangen konnten.“

„Und wann ist es soweit?“

Dad schaute auf die Uhr. „Jetzt gleich. Ich habe vergeblich versucht, dich zu Hause und im Studentenzentrum zu erreichen. Ich dachte mir, daß du zusehen wolltest. Satellit 17 müßte jeden Moment in den Polarbereich eindringen.“

Dad drückte mit dem Daumen auf einen Knopf auf seinem Schreibtisch: Auf dem Sichtschirm zeigten sich Daten und ein einfaches, bewegliches Diagramm, das die Partikeleinwirkung darstellte, die von Satellit 17 verzeichnet wurde.

„Auf diese Ergebnisse haben wir gewartet", sagte Dr. Kadin nach einer Weile. Er fuhr mit dem Finger die aufsteigende Linie nach. „Wir können diese Daten mit Informationen von anderen Satelliten vergleichen, um Einzelheiten über die Eigenschaften der Partikel herauszufinden. Am wichtigsten ist allerdings, wie hoch die Kurve noch ansteigt."

Wir beobachteten, wie die Linie schneller und schneller nach oben kletterte. Das einzige Geräusch war das kaum hörbare Summen der Klimaanlage. Die Linie stieg und stieg – und fiel dann ab. Sie kehrte auf Null zurück.

Dr. Kadin zog die Brauen zusammen. „Das sollte eigentlich nicht passieren." Wir warteten. Mein Gesicht wurde heiß. Die Kurve bewegte sich nicht mehr.

„Der Faraday-Käfig könnte einen Kurzschluß gehabt haben", sagte Mr. Jablons schließlich.

„Ja, so scheint es." Dr. Kadin warf mir einen Blick zu und sah dann schnell zurück auf den Schirm. „Pech."

Mein Vater räusperte sich. „Wenn ein Instrument ausfällt, ist nichts zu machen."

„Aber es konnte unmöglich versagen!" sagte ich.

„Nur mit der Ruhe, Junge. Satellit 14 überfliegt denselben Bereich über dem Pol in . . ." Sein Blick wanderte von Dr. Kadin zurück zur Schautafel, „. . . drei Stunden. Dann können wir mehr Daten sammeln."

„Ja, in Ordnung." Dr. Kadin musterte mich und lächelte nicht mehr. „Der alte Faraday-Käfig hätte während des Satellitenfluges über den Pol wenigstens ein paar Informationen geliefert. Hmm. Ich komme also in drei Stunden zurück."

Damit verließ er das Büro. Sein rotes Gewand flatterte.

Dad und Mr. Jablons versuchten, mich aufzumuntern, aber ich reagierte nicht. Wir alle wußten, daß das Modell funktionierte.

Ich mußte es falsch installiert haben. Vielleicht war die Arbeit an 14, bei der Jenny mitgeholfen hatte, besser gewesen. Vielleicht.

Eines stand fest: Die Strahlungsstärke im Van-Allen-Gürtel stieg rasch. Dad machte sich eine Notiz, um der Brücke Meldung zu machen und ihr zu empfehlen, daß während der Dauer des Sturms weder Menschen noch Raumschiffe die Büchse verlassen sollten. Ich beschäftigte mich in der Monitorkabine und verfolgte Satellit 14, der vom Äquator auf den Nordpol des Jupiter zuglitt, den fleckigen indigoblauen Stürmen entgegen.

Nach einer Weile machte ich eine Pause und schlenderte hinab ins Zentrum. Ich fühlte mich ziemlich gedrückt. Da traf ich Jenny, die mich an einen Tanz am kommenden Abend erinnerte. Das hob meine Stimmung etwas; dadurch würde ich von all dem abgelenkt werden, was in meinem Leben schiefzugehen schien.

Dann hatte ich einen Einfall. Ich sah mich nach einem Bordtelefon um und bat Jenny, einen Augenblick zu warten.

„Brücke", antwortete eine nüchterne Stimme.

„Hier ist Bowles. Ich möchte eine vorläufige Kursberechnung für den Flug der Fähre *Rowdy* zu Satellit 14. Abflug in, äh, zwei Stunden fünfzig Minuten."

„In Ordnung, aber wir rechnen jede Sekunde damit, daß Außenoperationen eingestellt werden müssen. Die Strahlung ist zu hoch."

„Bitte, können Sie es trotzdem an den Computer der *Rowdy* durchgeben? Wenn das Programm ungültig wird, kann ich es morgen immer noch löschen."

„Na schön, wenn du dir die Arbeit machen willst. Ich sende es in ein paar Minuten hinüber."

„Gut, vielen Dank."

Ich hängte auf und ging zurück zu Jenny.

„Was ist los?"

„Nichts", sagte ich. „Hast du schon Mittag gegessen?" Ich bemühte mich, ganz gelassen zu sprechen, aber im Inneren war ich gespannt. Ich rechnete und machte Pläne.

Dr. Kadin erschien ein paar Minuten nach mir wieder in der Monitorabteilung. Ich studierte die Berichte von Satelliten auf Äquatorbahnen. Die Strahlung, die an die Gürtel abgegeben wurde, war während der letzten Stunde schwächer geworden und hatte fast den Punkt erreicht, an dem Flüge mit der Fähre wieder möglich wurden.

„Glaubst du, daß der Sturm zu Ende ist", fragte ich Dad.

Er musterte den Sichtschirm, der im Moment auf einen gewaltigen orangefarbenen Strudel in den Ammoniakwolken eingestellt war. „Das ist schwer zu sagen. Der Sturm scheint von der Zahl der Wirbelbildungen in der Atmosphäre abzuhängen, und zur Zeit entstehen keine neuen."

„Vielleicht wird es jetzt relativ ruhig", ergänzte Dr. Kadin, „so wie im Zentrum eines Orkans. Ich muß zugeben, daß das alles sehr seltsam und ungewöhnlich ist. In den neun Jahren, die wir hier sind, hat es so etwas nie gegeben. Ich hoffe, daß Satellit 14 uns die Daten liefert, die wir brauchen."

„Wo ist 14 jetzt?" erkundigte sich Mr. Jablons.

Dad schaltete zu einer anderen Datenbank um und meldete: „Noch zwei Minuten, bis etwas Wichtiges registriert werden kann."

Dr. Kadin hatte plötzlich einen abwesenden Ausdruck in den Augen. „Wissen Sie", sagte er, „man könnte wirklich ins Grübeln kommen, so viele merkwürdige Dinge geschehen gleichzeitig. Wir haben massierte Gewittertätigkeit tief in der Atmosphäre aufgezeichnet. Mächtige Blitzschläge."

„Die Bildung von lebenden Zellen erfordert Blitze, nicht wahr?" fragte ich. „Elektrizität kann zur Herstellung von schweren organischen Molekülen, aus denen lebende Verbindungen entstehen, Energie liefern. Solche Moleküle gibt's in den Wolken."

„Das haben Experimente auf der Erde gezeigt", entgegnete Dr.

Kadin. Er zog die Augenbrauen hoch und seufzte. „Aber so etwas haben wir bisher nicht auf dem Jupiter gehabt. Vielleicht reichen Blitze allein nicht aus."

„Was ist mit den Meteorschwärmen?" wollte Mr. Jablons wissen. „Wie lassen sie sich erklären?"

„Unser Experte für den Asteroidengürtel meint, daß sie von dort kommen. Ein anderer glaubt, daß sich die Flugbahnen zum Mondsystem des Jupiter zurückverfolgen lassen. Viele Fragen bleiben offen; wir haben einfach nicht genügend Informationen. Das Seltsame ist, daß die Schwärme in der Nähe der Jupiterpole auftreffen, nicht am Äquator. Sehr ungewöhnlich."

„Der Faraday-Käfig auf Satellit 14 beginnt, eine Zunahme zu verzeichnen", sagte Dad. Wir wandten uns alle dem Bildschirm zu.

Die schwarze Linie stieg wieder an. Ich ballte die Fäuste, während ich sie beobachtete, und wagte nicht, mich zu bewegen. Nur das Schwirren eines Aufnahmegeräts war zu hören.

„Sieht gut aus", sagte Mr. Jablons hoffnungsvoll.

Dr. Kadin äußerte sich nicht.

Die Linie schoß nach oben und kletterte etwa auf die gleiche Höhe wie bei Satellit 17. Dort blieb sie stehen, ohne sich zu verändern. Sie hielt sich –

Und fiel.

Gleich darauf waren die Werte wieder auf Null gefallen. Der Faraday-Käfig funktionierte nicht.

„Schade", sagte Dr. Kadin. „Ich hatte gehofft –"

Ich konnte es mir einfach nicht anhören. Deshalb drehte ich mich um und rannte hinaus.

„Matt!" rief mein Vater hinter mir her.

Ich schaute mich nicht um, lief den Korridor hinab und drängte die Wut in mir zurück. Der Käfig konnte nicht versagen. Ich wußte es genau!

Ich nahm einen Expreßlift nach innen, auf den Mittelpunkt der Büchse zu. Das Rohr, das zur Luftschleuse führte, war leer. Niemand durfte jetzt während des Sturms hinaus.

Im Umziehraum zwang ich mich zur Ruhe. Es wäre unklug, einen Luftschlauch falsch anzuschließen und es erst bei der Druckentlastung zu merken.

Mit dem Helm unter dem Arm verließ ich den Raum und betrat die kurze Passage, die zur Hauptluftschleuse führte. Es war wahrscheinlich angebracht, mich per Hand durchzuschleusen; die Brücke könnte es auf ihren Instrumenten bemerken, wenn ich die Automatik anstellte. Ich legte eine Hand auf das Rad, mit dem die Luke zu öffnen war.

„Na, Kleiner, was machst du da?"

Ich antwortete nicht, sondern drehte das Rad nur schneller. Juris Schritte waren hinter mir zu hören. Eine Hand ergriff meine Schulter und zog mich herum.

„Es stürmt, Jungchen. Keiner kann raus."

„Ich habe die Erlaubnis."

„So? Von wem?"

„Kommandeur Aarons. Frag ihn doch."

„Wer's glaubt."

„Es stimmt. Geh doch und frag ihn. Er ist dort drüben." Ich deutete den Korridor hinab.

Juri wandte den Kopf, sein Blick folgte meinem Finger. Mein Herz pochte. Ich wußte, daß jetzt alles darauf ankam. Eine weitere Chance würde ich nicht bekommen. Juri runzelte verächtlich die Stirn und begann, sich wieder zu mir umzudrehen. Von neuem beschlich mich kalte Furcht, so daß ich zögerte. Dann rammte ich ihm die Faust in den Magen.

„Au!" Er taumelte zurück.

Ich zielte auf sein Kinn. Juri blockte ab, traf mich an der Schulter, und ich wich zurück. Er stürmte blitzschnell auf mich ein. Ich holte aus und verfehlte ihn. Juri schob meine Arme beiseite und brachte einen kraftvollen Schlag, der mir den Atem nahm, zu meinem Magen durch.

Die Welt wurde purpurn. Ich traf ihn mit einer Geraden schwach an der Brust. Dann krachte etwas in mein Gesicht. Ich schwankte keuchend zurück. Er schlug noch zweimal zu, und ich ging zu Boden.

„Blöde, wirklich blöde." Er stieß mich mit dem Zeh an.

Ich lag mit dem Gesicht nach unten auf dem polierten Deck. *Der Staub, der verfluchte gelbe Staub. Die Menge spottete und lachte. Feigling, Schwächling . . . Das plätschernde Geräusch . . .*

Ich lag auf dem Boden, aber ich hatte eigentlich keine Schmerzen. Ich zwinkerte, so daß der schwebende purpurrote Nebel sich verzog, und atmete tief durch.

Dann schaute ich in mich hinein, auf die kalte Furcht in meinem Inneren, und erkannte, was sie war. Ich unterdrückte sie, schob sie zur Seite und stemmte mich hoch auf Hände und Knie.

Juri grinste mich an. „Komm schon. Ich bringe dich am besten zum diensthabenden Offizier. Er wird sich dafür interessieren, daß –"

Ich riß den Oberschenkel hoch und versuchte, mit dem Fuß zuzustoßen, wie ich es auf Drei-D gesehen hatte. Juri wich aus, und der Tritt traf ihn seitlich. Er hatte das Gleichgewicht verloren und taumelte.

Ich sprang auf ihn zu und brachte zwei schnelle Schläge an seiner Kopfseite an. Er wirbelte herum und versetzte mir einen Hieb in den Magen, doch ich biß die Zähne zusammen, gab nicht nach und ließ drei Schläge auf seiner Brust landen. Juri wurde langsamer. Immer wieder trieb ich die Fäuste in ihn hinein, und plötzlich war er nicht mehr da.

Da blickte ich nach unten. Er lag auf dem Deck, bewegte sich nicht, atmete aber normal. Es war unwahrscheinlich, daß er verletzt war. Im Moment war es mir ohnehin gleichgültig.

Ich ließ ihn zurück. Natürlich hätte ich ihn fesseln können, aber vielleicht wäre inzwischen jemand anders erschienen.

Noch bevor das rote Licht plötzlich grün schimmerte, riß ich die Luke auf und schleuste mich hinaus. Ein Luftstoß blies mich fort von der Schleuse und ließ mich purzeln.

Ich fing mich, indem ich die Ausgleichsdüsen benutzte, und entdeckte den Liegeplatz der *Rowdy*. Als ich hinüberglitt, war mir schwindlig. Automatisch überprüfte ich die Sauerstoffanzeige, um herauszufinden, ob ich zu stark atmete, doch das Gerät verriet nichts davon. Es mußte am Adrenalin liegen.

Nachdem ich die Ankertaue gelöst hatte, ließ ich mich auf dem Sitz nieder und setzte die *Rowdy* in einem Zug aus dem Liegeplatz zurück. Ich hielt direkt auf die Mündung der Büchse zu und stellte den Autopiloten mit dem Daumen an. Gut. Der Kurs zu Satellit 14 war eingegeben. Abflug in fünf Minuten. Das mußte ausreichen. Ich konnte nicht mehr Zeit mit dem Warten verschwenden, und die *Rowdy* konnte die Büchse in weniger als zwei Minuten hinter sich lassen.

Rasch überprüfte ich die Fähre. In einem der vorderen Rohre hatten sich Blasen gebildet, aber ich steigerte den Druck und blies es frei. Den Flug würde es wohl durchhalten.

Beim Abflug kam ich ziemlich dicht an der *Sagan* vorbei. Es war unheimlich, allein im Dock zu sein. Ich sah keine Arbeitslampen, keine anderen Fähren, nur die kreisenden Lichter der Büchse.

Als ich den Rand der Büchse überflogen hatte, zeigte die *Rowdy* mit dem Bug auf die glühende Sichel des Jupiter, und ich fühlte, wie der Ionenmotor ansprang. Wir waren unterwegs! Ich war ein paar Minuten lang unterwegs, bevor sich über Funk eine Stimme meldete: „Bowles! Hier ist die Brücke. Wir haben dich gerade auf dem Radarschirm entdeckt. Sofort umkehren. Die Strahlungsintensität –"

Ich schaltete ab. Nachdem ich die *Rowdy* gründlich kontrolliert hatte, klickte ich es wieder an.

„– mandeur Aarons spricht. Ich befehle dir, zum Laboratorium zurückzukehren. Auf diese Weise kannst du nichts ausrichten."

„Ich glaube nicht, daß er zuhört, Sir. Bis jetzt hat er sich nicht gemuckst."

„Hmm. Kann jemand ihn zurückholen?"

„Nicht ohne weiteres, Sir. Für ihr Gewicht haben diese Fähren einen starken Motor. Schon jetzt hat er recht hohe Geschwindigkeit."

„Wie lange würde es dauern, ihn einzuholen?"

„Mindestens zwei Stunden."

„Das ist zuviel. Ich kann von niemandem verlangen, sein Leben zu riskieren."

„Nicht nötig", sagte ich. „Ich übernehme das Risiko."

Eine Pause entstand. Dann begann er wieder: „Bowles, das ist töricht von dir. Du brauchst nicht –"

„Hören Sie, ich würde gern mit meinem Vater sprechen."

Leise: „Wo ist sein Vater? Am Bordtelefon? Schalten Sie ihn ein."

„Hallo, Matt?"

„Hallo, Dad." Meine Stimme klang dünn. Ich schluckte.

„Das ist kein Glanzstück . . ."

„Aber ich muß etwas tun. Ich will nicht zurück zur Erde, Dad. Du hast selbst gesagt, daß wir das Labor nur mit soliden Ergebnissen retten können. Vielleicht ist es dafür schon zu spät, aber ich will es wenigstens versuchen."

„Junge . . ."

„Wie hoch ist die Strahlung auf meinem Kurs?"

Eine Unterbrechung. „Da scheinst du etwas Glück zu haben. Die Werte sinken. Vielleicht klingt der Sturm ab, aber es ist gefährlich."

„Jeder, der atmet, lebt gefährlich."

„Matt, deine Mutter würde gern –"

„Nein, nein." Das hätte ich nicht aushalten können.

Im Hintergrund hörte ich ein Gespräch: „Wenn es so weitergeht, ist die Strahlungsintensität tragbar, Sir."

„Hmm. Lassen Sie den Abfangbefehl löschen."

„Ich glaube, er hat eine Chance, Sir."

„Aber Sie sind nicht sicher?"

„Nein, Sir."

Alleinsein ist ein trauriges Wort . . . und in den Stunden, die folgten, hätte ich viel gegeben, wenn Jenny oder Zak oder sonst jemand bei mir gewesen wäre.

Für eine Weile kontrollierte ich alle paar Minuten die Strahlungswerte. Sie senkten sich etwas, doch nicht sonderlich. Das Notlämpchen am Radio flackerte einige Male auf, aber ich beachtete es nicht.

Der Flug war einmalig. Die dünne Sichel des Jupiter wurde von einzelnen Streifen zerteilt. Ich konnte einige der äußeren Monde erkennen. Ganymed erschien als kleine, rötliche Scheibe. Io zog als apfelsinenroter Ball hinter mir her und fiel schließlich zurück, während ich auf den Nordpol des Jupiter zuhielt. Satellit 14 näherte sich.

Ich beobachtete, wie die riesigen Strudel aufholten und unter mir vorbeiglitten. In ihrem Mittelpunkt konnte ich dunkle Spritzer aus Methan oder gefrorenem Wasser sehen, die sich in einem graziösen, drohenden Tanz drehten. Es fiel schwer zu glauben, daß diese Spritzer größer waren als der Stille Ozean.

Jupiter füllte fast den ganzen Himmel. Aus dieser Nähe erinnert er eher an eine unendliche Ebene als an einen Planeten; man kann nie sicher sein, daß man nicht in ihn hineinfällt. Jenseits der Helligkeitsgrenze, wo eigentlich Schwärze hätte herrschen sollen, konnte ich dünne Finger gelben Lichtes ausmachen, die in den Wolkenbänken spielten.

Vielleicht war Jupiter wirklich die Heimat der Götter. Vielleicht waren die Stürme Kämpfe zwischen Giganten, nach denen Jupiter seinen Dreizack warf.

Ich rief mich in die Wirklichkeit zurück; ich gönnte mir ein paar Rationen und zog die Zeit in die Länge. Dann beschäftigte ich mich damit, um die *Rowdy* herumzuklettern und sie zu inspizieren. Die Supraleitfelder arbeiteten vorschriftsmäßig; ihretwegen konnte ich nicht über den Rand klettern und das Untergestell überprüfen. Ich rief die Büchse ein paarmal an. Nach einigen vergeblichen Versuchen, mich zum Rückflug zu bewegen, gab mir der Brückenoffizier die Strahlungswerte durch. Sie deckten sich mit meinen ziemlich genau.

Ich dachte nicht sehr viel über die Strahlung nach. Zwar erhielt ich etwas mehr als die „tragbare" Dosis, aber dabei handelte es sich schließlich nur um mittlere Werte, die für Menschen an allen möglichen Arbeitsstellen galten. Wenn ich zuviel abbekam, gab es dafür Behandlungsmethoden.

Sogar wenn ich es nicht schaffte, würde es keine Rolle spielen. Niemand kann ewig leben. Ich würde nicht dabei sein, wenn das erste Sternenschiff startete; ich würde nie erfahren, ob intelligente Wesen beim Centaurus-System lebten oder bei Tau Ceti oder . . .

Wieder mußte ich mich bremsen. Es hatte keinen Zweck, trübsinnig zu werden.

Die Minuten krochen dahin, dann Stunden. Ich döste.

Das Warnlämpchen flackerte in wütendem Rot, als ich aufwachte. Ich ignorierte es und schaute auf die Uhr. Das Rendezvous stand kurz bevor.

Ich blickte mich um, um mich zu orientieren. Jupiter wirkte unter mir immer noch wie ein gestreifter Pudding; jetzt entdeckte ich, wie sich in der Nähe des Pols etwas purpurn verdunkelte. Kurz darauf hatte ich einen weißen Punkt gefunden, der als Satellit in Frage kam. Er wuchs. Ich glich mich seiner Geschwindigkeit an und beobachtete, wie der Punkt sich in einen übergewichtigen Basketball verwandelte. Dann ließ ich mich zur Nummer 14 hinübertreiben.

Nichts am Faraday-Käfig deutete auf einen Schaden hin; alles sah genauso aus, wie ich es hinterlassen hatte. Ich löste den Käfig vom elektrischen System des Satelliten heraus und untersuchte sorgfältig seine Oberfläche. Alles war in Ordnung. Das Innere des Käfigs besteht aus dem Fangmechanismus hinter dem Gitter. Ich würde es öffnen müssen, um hineinsehen zu können.

Ich nahm einen Schraubenzieher aus meiner Werkzeugtasche am Anzuggürtel und entfernte den Deckel des Käfigs. Immer noch wirkte alles einwandfrei. Nun hob ich die Verstärkungsplatte ab und zog das Innere heraus; es war gerade so groß, daß man es in einer Hand halten konnte.

Der letzte Deckel ging leicht ab, und dann merkte ich, was nicht stimmte. Der Zwischenraum zwischen Anode und Kathode war mit einer Art Öl gefüllt.

Ich überlegte. Öl? Das war unverständlich. Ich war sicher, daß es nicht dagewesen war, als ich den Käfig angebracht hatte. Außerdem war es gar kein Öl. Es glich eher klebrigem Staub. Ich steckte einen Finger in den Zwischenraum. Etwas von dem Zeug haftete an meinem Handschuh, und ein Teil trieb davon.

Ich fluchte. Mit einem elektrischen Versagen hätte ich etwas anfangen können, aber für dies hier war ich nicht zuständig.

Was war mit dem alten Faraday-Käfig gewesen, den ich ersetzt hatte? Leider hatte ich ihn mir nicht einmal angeschaut, sondern ihn einfach weggeworfen, da ich ihn nicht länger verwenden konnte. Vielleicht hatte darin etwas Ähnliches gesteckt.

An einem bestand jedenfalls kein Zweifel: Ich würde ihn hier draußen nicht reparieren können. Ich nahm eine Plastikfolie und wickelte den Teil mit dem Staub und allem darin ein.

Ich kletterte zurück in die *Rowdy* und ließ den Ionenmotor anspringen. Ich aß etwas von meinen Rationen und beantwortete dann endlich den Sprechfunk.

„Matt?" Es war Mr. Jablons.

„Wer sonst?"

„Ich dachte, es würde dich interessieren, daß der Käfig von Satellit 17 seit einer Weile wieder funktioniert. Er muß wohl zeitweilig übersättigt gewesen sein."

„Das ist ja großartig. Sie meinen, wenn ich das Gerät an 14 in Ruhe gelassen hätte, wäre es von allein in Ordnung gekommen?"

„Wahrscheinlich. Bringst du es mit?"

„Ja."

„Wir müssen es uns jedenfalls genau ansehen. Ein Gerät, das immer dann versagt, wenn man es braucht, ist ziemlich nutzlos. Ich treffe dich an der Schleuse und befasse mich sofort damit."

„Einverstanden."

Nach einem kurzen Geplauder über die Strahlung, die wieder stärker wurde, schaltete ich zur Brücke hinüber. Dort schätzte man, daß ich keine allzu große Dosis abbekommen würde, wenn der Sturm sich verhielt, wie erwartet. Es ging darum, mich so schnell wie möglich zurück zur Büchse zu bringen. Da ich schon den kürzesten Kurs eingeschlagen hatte, konnte nicht viel unternommen werden.

„Würden Sie mich bitte mit Zak Palonski verbinden?" bat ich. Während ich wartete und meine Kopfhörer summten und klickten, faßte ich meine Gedanken der letzten Stunden noch einmal zusammen. Was ich sagen wollte, würde mir nicht leicht fallen.

„Matt? Mann, wenn du auf die Pauke haust, dann gründlich . . ."

Ich zog eine Grimasse. „Ja. Ich – ich habe wohl einen Rappel gekriegt, Zak. Das merkte ich, als die Büchse hinter mir lag und ich mich beruhigt hatte. Ich weiß auch, warum. Es hat mit dem zu tun, was du mir einmal klargemacht hast."

„Meinst du mit der Prügelei, als du noch klein warst? Und mit Juri?"

„Stimmt. Ich habe allerlei durcheinander gebracht, Zak. Als Achtjähriger war ich so ängstlich, daß ich froh war, die Erde zu verlassen. Ich muß geglaubt haben, daß die *ganze* Erde so wie diese Schläger sein würde. Weißt du, nach dieser Prügelei habe ich wochenlang nachts geheult."

„Als kleiner Junge dachtest du also, daß du für den Rest deines Lebens herumgeschubst und bedroht werden würdest."

„Ja." Ich lächelte bei dem Gedanken. „Ja. Nun verstehe ich das, und ich kann mich wieder erinnern. Als wir zur Büchse kamen, war das, als würde ich noch einmal geboren. Alle waren nett und freundlich, und die größeren Kinder hatten es nicht auf mich abgesehen."

„Also konntest du clever sein, ohne daß man dich für einen Angeber hielt und bestrafte. Du brauchtest dich nicht als zähen Burschen auszugeben."

„So ungefähr. Aber – woher weißt du das alles?"

„Zum Teufel, glaubst du, daß du etwas Besonderes bist? Wir gehören doch alle ziemlich ähnlichen Familien an und hatten solche Ängste."

„Aber warum –?"

„Mir fielen einige Symptome auf, als Juri begann, dich aufs

Korn zu nehmen. Ich hatte geglaubt, daß wir das alle hinter uns hätten, aber bei dir schien das nicht der Fall zu sein. Ich sehe es so, daß dich etwas an Juri – vielleicht seine Größe – zu einem Rückfall veranlaßte. Dadurch wurden wieder die Emotionen geweckt, die du auf dem Spielplatz auf der Erde hattest. Mit ihnen konntest du nicht fertig werden. Du zogst dich zurück –"

„Und hast du das nie gesagt?"

„Ich war nicht so sicher. Es war nur eine Ahnung. Ich mußte dir Gelegenheit geben, es selbst herauszufinden, obwohl ich merkte, daß dir etwas Sorgen machte und daß es schlimmer wurde. Wenn ich davon gesprochen hätte, wäre dir doch auch nicht geholfen. Du mußtest selbst darauf kommen, um wirklich überzeugt zu sein. Erinnerst du dich an deinen Traum auf Ganymed, als ich mit dir reden wollte?"

„Zak, der Seelendoktor. Ja."

„Du wolltest gar nichts hören."

„Stimmt."

Wir schwiegen einen Augenblick. Ich konnte hören, wie Zak ins Mikrophon atmete. „Weißt du", druckste er verlegen, „wie hat doch irgendein Philosoph gesagt? ‚Selbsterkenntnis ist gewöhnlich kein Vergnügen.' Aber das braucht nicht so zu sein."

Ich nickte. „Nachdem ich es eingesehen habe, werde ich wohl auch damit fertig werden. Ich habe *Angst*, zur Erde zurückzukehren. Hier gefällt's mir, weil es sicher ist." Ich lachte. „Hier gibt's keinen Schulhof, auf dem mich die Größeren verhauen könnten."

„Du wirst's schon schaffen, Matt", meinte Zak verständnisvoll. „Sicher."

„Was bleibt mir anderes übrig?" Meine Heiterkeit war verflogen. „Aarons wird mich nun auf jeden Fall zur Erde schicken."

„Ich weiß, worauf du hinaus willst", erwiderte Zak. „*Ich* bin sicher, daß du dich gefangen hast; nur: Aarons hat gar keine Wahl."

„Eben", sagte ich. Beim Anblick des Jupiter, der sich endlos drehte, fühlte ich eine Müdigkeit, die bis in die Knochen ging. „Nun ist es aus, Zak. Diesmal ist es wirklich zu Ende."

Ich war gegen die Wand der Hauptschleuse gesackt und wartete darauf, daß sie sich öffnete. Abgekämpft und niedergeschlagen, wie ich war, hatte ich fast vergessen, den blöden Faraday-Käfig, der in dem Vakuumbeutel versiegelt war, mitzubringen. Wahrscheinlich war mir alles gleichgültig geworden. Ich erwartete fast, von einem Offizier mit Handschellen empfangen zu werden.

Aber als die Schleusentür aufschwang, glich das Rohr dahinter fast einem U-Bahn-Wagen. Die Menschen waren eingequetscht. Sie starrten mich an, als ich vortrat. Ich klappte den Helm zurück und wurde vom Lärm überfallen.

„Matt!" Meine Mutter umschlang mich. Vater war auch da; er lächelte und runzelte gleichzeitig die Stirn, während er mir die Hand schüttelte. Menschen umschwärmten mich, faßten mich an und halfen mir, meinen Anzug abzulegen.

Mr. Jablons erschien an meinem Ellbogen. „Willkommen daheim." Er nahm mir den Faraday-Käfig ab. „Und viel Glück beim Chef." Seine Augen zwinkerten, und er deutete mit dem Kopf nach Kommandeur Aarons, der am anderen Ende des Korridors mit einem Offizier sprach.

„Wie geht's dir, Matt?" Ich wandte mich um und erkannte Jenny.

„Prächtig."

„Ich hoffe, du –"

„Keine Sorge, ich bin unsterblich", sagte ich barsch. Ich erwähnte nicht, daß ich mich irgendwie weich in den Knien fühlte.

Niemand redete davon, wie hirnverbrannt ich mich benommen hatte. Kommandeur Aarons allerdings machte ein finsteres Gesicht. „Nein", hörte ich ihn sagen, „ich nehme ihn mir später vor. Zuerst sollen die Ärzte ihn untersuchen."

Eine Hand packte meinen Ellbogen und steuerte mich durch die Menge. Ich blinzelte Jenny zu und hoffte, daß ich selbstbewußt wirkte. Zwei Krankenpfleger drängten mich in einen Lift, und wir rasten durch fünf Etagen nach innen.

Ich war wie benommen. Ein Arzt in einem weißen Kittel betastete mich, nahm Blut und Urin und eine Hautprobe. Danach schickte er mich zum Duschen.

Dann war ich allein.

Ich wurde mit einem der üblichen Einheitsanzüge neu eingekleidet, als ich herauskam, und erhielt ein leichtes Abendessen. Mein Zeitgefühl war völlig durcheinander; nach der Ortszeit war es früh am Morgen, doch mein Magen war auf das Mittagessen eingestellt. Außerdem war mir, als sei ich eine Million Jahre alt.

Schließlich steckte jemand den Kopf herein und schickte mich mit einer Bewegung in das angrenzende Zimmer. Der Arzt war dort und studierte eine Tabelle.

„Junger Mann", sagte er langsam, „du hast mir und deinen Eltern und vielen anderen eine Menge Sorgen gemacht. Deine Demonstration war unsinnig. Die letzten Tage sind für uns alle nicht leicht gewesen, aber solche Heldentaten lassen sich nicht entschuldigen."

Er sah mich streng an. „Ich kann mir vorstellen, daß dir der Kommandeur einiges zu sagen hat. Hoffentlich bestraft er dich so, wie du es verdienst. Durch einen unglaublichen Zufall hast du keine schädliche Strahlendosis abbekommen. Deine Blutwerte sind fast normal. Ich nehme an, daß sie sich in ein paar Stunden ganz ausgeglichen haben."

Jemand klopfte an die Tür. Sie öffnete sich, und ein Brückenoffizier blickte herein. „Fertig, Doktor?"

„Sofort." Er drehte sich wieder mir zu. „Du mußt dir darüber im klaren sein, daß du nahe daran warst, dich umzubringen, junger Mann. Die Strahlungsintensität draußen steigt rapide; bei einer Verzögerung von einer halben Stunde hättest du nicht überlebt."

Der Arzt preßte die Lippen zu einem dünnen Strich zusammen, dann nickte er dem Offizier widerwillig zu. Wir gingen hinaus.

„Und nun?" fragte ich, als wir draußen im Rohr waren. „Zum Büro des Kommandeurs?"

„Nein, zu Mr. Jablons."

„Wieso?"

„Man verrät mir auch nicht alles."

Ich schwieg, bis wir das Elektroniklabor erreicht hatten. Der Kommandeur öffnete die Tür und winkte dem Brückenoffizier, sich zu entfernen. Er schien nicht wütend zu sein. Eigentlich bemerkte er mich kaum, als ich eintrat und die Tür hinter mir schloß; er starrte vor sich hin und dachte nach.

Dad und Mr. Jablons saßen an einem der Montiertische. Dr. Kadin arbeitete an einem Vakuumtank in der Mitte des Zimmers. Seine Hände steckten in der Steuerung für die mechanischen Arme im Inneren, und er schob etwas im Tank hin und her.

Dad blickte auf, als ich eintrat. „Da bist du ja, du Glückspilz."

„Wieso?"

„Sieh dir den Behälter an."

Ich ging hinüber und spähte durch das Glas. Der Faraday-Käfig lag darin. Ein Teil des klebrigen Staubes war von mechanischen Armen herausgenommen und über eine Anzahl von Pyrexplättchen verteilt worden. Die Plättchen waren mit grünen und blauen Tupfen versehen; eines davon lag unter dem Mikroskop.

„Die Unreinheiten, die du im Käfig gefunden hast, sind kein Staub, Matt", sagte mein Vater. „Es handelt sich um eine Sporenkolonie. Soweit wir sehen können, sind sie noch aktiv."

Dr. Kadin wandte sich um und sah mich an. „Stimmt. Es scheint, Junge, daß du Leben auf dem Jupiter entdeckt hast."

13

Plötzlich lächelten alle im Zimmer. Mr. Jablons lachte. „Wenn das in die Geschichtsbücher eingeht, sollte man deinen verständnislosen Blick nicht vergessen, Matt."

Ich riß mich zusammen. „Wie . . .?"

„Wie sie dahin gekommen sind?" fragte Dr. Kadin. „Das ist uns ein Rätsel. Ich glaube, daß diese Sporen – wenn es wirklich Sporen sind – irgendwie die Jupiteratmosphäre durchquerten, indem sie huckepack auf den elektrischen Feldern mitreisten, die durch die Stürme entstanden."

„Ich wußte ja, daß es so kommen würde!" Mr. Jablons freute sich. „Vor einer halben Stunde waren wir nicht einmal sicher, daß der Staub lebendig war, und jetzt gibt es schon eine Theorie."

Dr. Kadin achtete nicht auf ihn. „Vielleicht möchtest du sie dir durch das Mikroskop ansehen", forderte er mich auf. „Einige Aspekte sind sehr interessant."

Ich beugte den Kopf über das Okular des Mikroskops. Auf einem gelben Ausstrich konnte ich drei bräunliche Klumpen ausmachen. Sie wirkten hantelförmig; ein Labyrinth geschwungener Linien durchzog sie in allen Richtungen. Sie bewegten sich nicht, da der Ausstrich sie abgetötet hatte.

„Beachte die längliche Struktur", sagte Dr. Kadin an meinem Ohr. „Höchst ungewöhnlich für eine so kleine Zelle. Natürlich scheinen sie irdischen Zellen in anderer Hinsicht überhaupt nicht ähnlich zu sein; aber dies ist vielleicht gar nicht so überraschend."

„Was meinen Sie damit?" fragte Dad.

„Ich glaube, daß diese Organismen ihre Gestalt benutzen, um eine Trennung von elektrischen Ladungen in ihrem Körper zu erreichen. Irgendwie geben sie die Ladung tief in der Atmosphäre ab. Wenn sie dann ein Sturm zu den oberen Wolkenschichten hinaufbläst, haften sie an den komplizierten elektrischen Feldern in der Nähe des Nordpols."

„Dadurch sind sie zu Satellit 14 hinausgekommen?" erkundigte ich mich.

„Das vermute ich. Ich kann mir keinen anderen Zusammenhang vorstellen."

„Darum hat der Faraday-Käfig versagt?" fragte Kommandeur Aarons. Es waren seine ersten Worte, seit ich eingetroffen war.

„Gewiß. Wenn ein Elektron auf den Käfig trifft, durchläuft es das positive Gitter und kommt an dem negativen Plättchen an. Von dort wird es über einen Draht geleitet und lädt einen Kondensator auf. Diese Sporen – wenn wir sie so nennen wollen – sind ebenfalls geladen; sie werden auf dieselbe Art eingefangen. Aber sie werden nicht von dem Draht weitergeleitet, sondern nur ihre elektrische Ladung. Deshalb blieben sie in dem Zwischenraum zwischen Gitter und Plättchen und füllten ihn schließlich aus. Sie hatten jedoch nicht ihre ganze Ladung verloren, und wenn sie hoch genug gehäuft waren, um das Gitter mit dem Plättchen zu verbinden, verursachten sie einen Kurzschluß." Dr. Kadin blickte sich Zustimmung heischend um.

„Das wäre wirklich eine Erklärung, weshalb der Faraday-Käfig ausgefallen ist", sagte Mr. Jablons.

„Ich konnte unter dem Mikroskop nicht viel erkennen", warf ich ein. „Dr. Kadin, was sind das für Zellen?"

„Sie *scheinen* eine Kohlenstoffgrundlage zu haben. Aber sie nehmen nicht Kohlendioxyd auf wie irdische Pflanzen; vielleicht atmen sie Methan. Sie haben dicke Zellwände und Strukturen, mit denen ich noch nicht viel anfangen kann. Wenn wir sie als Sporen bezeichnen, so ist das nur eine Vermutung."

Kommandeur Aarons schüttelte den Kopf. „Sie sind sicher, daß sie nicht durch Zufall dort gelandet sein können? Vielleicht stammen sie aus der Büchse und klebten an Bowles' Handschuhen, als er den Käfig herausnahm?"

„Nein, so etwas wie sie habe ich noch nie gesehen."

„Aber was hatten sie da draußen zu suchen?" fragte Dad. „Warum sollten sich Organismen so entwickeln, daß sie über die ganze Atmosphäre hinweggeschleudert werden können? Wenn diese Gruppe nicht von Satellit 14 aufgefangen worden wäre, hätte sie auf den magnetischen Feldern weitergleiten und sogar den Südpol erreichen können."

„Vielleicht ist das der Sinn der Sache", sagte Dr. Kadin. „Mag sein, daß es Sporen sind, die auf Wanderung waren."

„Auf Wanderung?" wiederholte Dad. „Wozu?"

„Wir wissen, daß sich in der Nähe der Pole gewöhnlich weniger Stürme abspielen. Das Gebiet am Pol rotiert nicht so stark wie der übrige Planet. Die Atmosphäre darüber ist relativ ruhig. Vielleicht kann Leben nur unter diesen Bedingungen in der Jupiteratmosphäre entstehen."

„Ich verstehe", murmelte ich. „Sie wanderten zu der anderen bewohnbaren Zone des Planeten – zum Südpol."

„Vielleicht, vielleicht." Dr. Kadin fuhr mit den Händen durch die Luft. „Aber all das ist verfrüht. Bisher kann ich nur spekulieren."

„Um die Theorien können wir uns später kümmern", sagte Kommandeur Aarons. Er knallte sich die Faust in die Handfläche. „Das wichtigste ist, daß wir Leben gefunden haben – also das, worum es geht! Wenn das die IWA nicht zur Besinnung bringt, dann ist der Fall hoffnungslos."

„Glauben Sie, daß wir hierbleiben können?" fragte ich aufgeregt.

„Jedenfalls sind wir wieder im Rennen. Ich lasse sofort eine Verbindung zur Erde herstellen. Wenn ich mich nicht sehr täusche, werden wir Schlagzeilen auf allen Kontinenten machen." Er zupfte an seinem Schnurrbart und lächelte vor sich hin.

„Bitte, meine Herren, wenn es Ihnen nichts ausmacht, habe ich noch eine Information für Sie", verkündete Dad. Er stand langsam auf und machte eine dramatische Pause. Ich grinste. Dad schaffte es immer, seine Zuhörer zu fesseln, wenn er es darauf anlegte.

„Ich konnte nicht schlafen, während Matt draußen war, und seine Mutter auch nicht." Plötzlich fielen mir die Ränder unter seinen Augen auf; er war müde. „Statt dessen beschäftigte ich mich mit einem Projekt, das ich schon seit einigen Wochen im Auge hatte."

Er nahm einen Gedächtniswürfel vom Montiertisch und schob ihn in die Öffnung des Sichtschirms an der Wand. Der Schirm leuchtete auf.

Zuerst wurde ich an eine Zielscheibe erinnert; man sah eine Gruppe konzentrischer Kreise mit drei großen Ellipsen am Außenrand. Dann entdeckte ich einen winzigen Punkt auf jedem der Kreise und erkannte, daß es sich um ein Umlaufmodell der Jupitermonde handelte. Jupiter lag im Zentrum. Während ich zuschaute, bewegten sich die Punkte. Das Modell war stark beschleunigt.

„Ich habe den Computer die Entwicklung der Monde über den letzten Monat hinweg aufzeichnen lassen. Alle dreizehn größeren sind da. Sie werden bemerken, daß sich die äußeren Monde nicht schnell bewegen und recht exzentrische Bahnen beschreiben. Die äußeren drei sind nie von Menschen besucht worden. Sie scheinen kleiner zu sein als die anderen Monde und sind wahrscheinlich Asteroide, die eingefangen wurden, als der Jupiter noch jung war."

„Das ist bloß eine Hypothese", unterbrach Dr. Kadin korrigierend.

„Ja, aber eine vernünftige." Dad machte wieder eine Pause. „Sie haben wahrscheinlich von den Meteorschwärmen gehört, die wir in letzter Zeit beobachten konnten. Sie treffen sowohl beim Nordpol als auch beim Südpol auf dem Jupiter auf. Dazu ist eine Umlaufbahn erforderlich, die nicht wie die der Büchse mit dem Äquator des Jupiter übereinstimmt. Wie sich herausgestellt hat, teilen die äußeren Monde diese Eigenschaft."

„Aha", machte Dr. Kadin.

„Meine Argumentation war nicht so eindeutig, als ich anfing. Zunächst war ich einfach nur interessiert am Kurs der Meteorschwärme. Früher hatten wir ihre Bahn zurückverfolgt, bis wir sicher sein konnten, daß sie aus großer Entfernung kamen. Ich erweiterte die Berechnungen."

Mein Vater drückte auf einen Knopf, und der Schirm flackerte einen Moment lang. Die Mondbahnen waren gelb; jetzt krochen blaue Linien vom Kreis des Jupiter fort und wanden sich spiralenförmig nach außen.

„Dies ist die rückwärts laufende Geschichte der Meteorbahnen. Der erste Schwarm breitet sich etwas aus" – die blauen Linien bildeten einen Fächer – „und drängt sich dann wieder zusammen. Das allein ist schon ungewöhnlich. Aber achten Sie darauf, wo sie zusammenlaufen."

Die Linien konzentrierten sich. Ihr Schnittpunkt lag beim elften Jupitermond.

„In dieser Arbeit sind keine großen Fehler möglich. Wir haben recht gute Daten über den Schwarm erhalten."

„Sie zweifeln nicht daran, daß J-11 getroffen werden mußte?" fragte Dr. Kadin. „Es ist ja nur ein winziger Satellit."

„Sein Durchmesser beträgt nur etwa dreißig Kilometer. Aber der Schwarm mußte dort ankommen – dessen bin ich sicher."

„Dad, *ankommen* ist nicht das richtige Wort, nicht wahr? Dieses Modell läuft rückwärts. Du meinst also, daß der Schwarm von J-11 ausging?"

„Richtig, ich habe mich unklar ausgedrückt. Betrachten Sie jetzt den nächsten Schwarm. Das gleiche Muster – Fächerbildung und Konzentration."

Wir beobachteten die Linien, die langsam vom Jupiter aus vordrangen. Sie liefen genau bei dem gelben Punkt zusammen, der J-11 darstellte.

„Volltreffer!" sagte Mr. Jablons. „Ich verstehe nicht, was sich da abspielt, aber es sieht herrlich aus."

„Und seltsam", murmelte der Kommandeur.

„Ich habe noch mehr", erklärte Dad. „Ich beschleunige jetzt etwas."

Ein weiteres Bündel von Linien wand sich nach außen und kam bei J-11 zusammen. Die nächste Gruppe war etwas langsamer; sie ließ sich Zeit, doch auch sie endete bei J-11.

„Drei frühere Schwärme weisen das gleiche Muster auf."

„Sie haben diese Berechnungen überprüft?" fragte Dr. Kadin.

„Ja."

„Ich bin kein Astrophysiker", sagte Kommandeur Aarons. „Vielleicht mißverstehe ich etwas."

Dad schüttelte den Kopf. „Das glaube ich nicht, Sir. Das hier ist für uns alle neu. Wir haben keine Erklärung zur Hand."

Es war still geworden. Wir alle schauten auf den Schirm. Wieder krochen blaue Linien vom Jupiter fort.

„Was könnte nur die Ursache sein?" meinte ich.

Dr. Kadin kniff die Augen zusammen, während er die Linien studierte. „Wir müssen hinfliegen und es herausfinden", sagte er.

14

Es dauerte einen Tag, die *Sagan* auf einen besonders langen Flug vorzubereiten. Ich verbrachte den größten Teil dieser Zeit damit, zusammen mit Mr. Jablons an den Faraday-Käfigen zu arbeiten. Wir fanden heraus, warum der Käfig auf Satellit 17 wieder funktioniert hatte, als er aus der Polarzone heraus war. Nachdem die „Sporen" ein paar Stunden lang mit dem Gitter und der Anodenplatte in Kontakt gestanden hatten, war ihre Ladung abgesaugt worden. Ohne Ladung wurden sie auch nicht mehr angezogen und trieben allmählich hinaus in den Raum.

Die Zellen vom Jupiter verschafften den Biologen einen Freudentag. Das war es, worauf sie gewartet hatten. Die Niedergeschlagenheit, die das Labor nach der Ankündigung der IWA überwältigt hatte, war über Nacht verflogen.

Alle wollten Einzelheiten wissen; deshalb hielt Dr. Kadin ein Seminar, bei dem der Hörsaal überfüllt war. Die Erde setzte uns mit immer neuen Fragen zu. Ich mußte mich im Aufenthaltsraum vor einem Publikum von respektabler Größe darüber auslassen, wie ich den Faraday-Käfig Nummer 14 verstopft vorgefunden hatte. Juri lungerte am Rande der Menge herum und wirkte mürrisch. Irgend jemand fragte mich, warum der von mir ausgewechselte Käfig nicht auch einen Kurzschluß bekommen hatte, und ich mußte zugeben, daß ich es nicht wußte. Vielleicht hatte das Gitter am älteren Exemplar die Sporen ausgestoßen, bevor sie die Platte erreichten. Möglicherweise hatten die Stürme erst vor zwei Tagen damit begonnen, Sporen hinauszuschleudern. Wir waren nicht sicher. Diese Seite des Problems wird, wie die Wissenschaftler sagen, künftigen Forschungen überlassen bleiben.

Ich war der einzige Jugendliche, der mit der *Sagan* hinausflog. Vielleicht war es die Belohnung dafür, daß ich die Sporen gefunden hatte, obwohl mir in der Eile niemand etwas Genaueres darüber sagte.

Die *Rowdy* wurde, vertäut am Rumpf, mitgenommen und jemand mußte sie lenken, wenn wir J-11 erreichten.

„Warum nicht die *Ballerina*?" fragte Jenny mich. Sie gehörte zu der Gruppe, die uns an der Hauptschleuse verabschiedete.

„Ich nehme an, daß man kein Mädchen dabei haben wollte", sagte ich.

„Mrs. Moto fliegt auch mit!"

„Na gut, vielleicht hast du einfach Pech gehabt."

Sie antwortete mit einem Schnaufen, das Kommandeur Aarons nach der Rückkehr der *Sagan* eine Menge Schwierigkeiten verhieß. Ich blickte mich um. Meine Mutter hatte sich schon von mir verabschiedet und lächelte mir zu. Die Besatzung der *Sagan* wurde hinausgeschleust. Zak schlug mir grinsend auf den Rücken.

„Halt dich wacker", sagte ich. Dann packte ich Jenny und küßte sie so lange, bis ihre Augen ganz verschwommen waren. Ich schüttelte Zak die Hand und schleppte meine Ausrüstung hinaus zur *Sagan*.

Wir brauchten drei Tage zum J-11. In einer Entfernung von dreißig Kilometern manövrierten wir uns in eine parallele Umlaufbahn. Die Wissenschaftler begannen damit, ihn eifrig auf den optischen und infraroten Frequenzen zu untersuchen.

J-11 war ein unansehnlicher Felsbrocken, ein fliegender Berg. Gezackte Gipfel fingen das Sonnenlicht ein und hüllten die Niederungen in Schatten. Der Durchmesser betrug nirgends mehr als dreißig Kilometer. Es gab keine perlweißen Ammoniakwolken, sondern nur zerklüfteten granitgrauen Fels, der darauf hindeutete, daß es sich um einen eingefangenen Asteroiden handelte. Wir sahen keine Schwärme. Nichts bewegte sich auf J-11. Damit war eine Erkundung aus der Nähe notwendig geworden: Ich mußte hinaus.

Ich legte den Anzug an und ging hinaus zum Rumpf, um die *Rowdy* zu überprüfen. Kommandeur Aarons kam, um die Lage in Augenschein zu nehmen, und gab dann der Expedition von acht Leuten, die ich hinübertransportieren sollte, ein Zeichen. Dazu war die *Rowdy* unerläßlich. Wir konnten nicht riskieren, die *Sagan* zu nahe an J-11 heranzubringen; der kleinste Irrtum beim Manövrieren hätte sie gegen einen Gipfel schmettern können. Mit der *Rowdy* konnte eine kleine Gruppe in die Felsspalten vordringen und sich umsehen.

Leutnant Sharma hatte die Leitung. Sein Befehl war, daß wir etwas herumschnüffeln und dann Bericht erstatten sollten. Die Zivilisten unterstanden meinem Vater. Ich war davon überzeugt, daß er unter anderem mich im Auge behalten sollte. Schließlich hatte ich mich direkten Befehlen widersetzt und eine Fähre gestohlen. Wir nahmen uns Zeit, als wir die dreißig Kilometer zu J-11 zurücklegten. Noch in der Büchse hatten Jenny und ich zusätzliche Sitze an der *Rowdy* angebracht; jetzt waren die Expeditionsmitglieder dort festgeschnallt. Mit den Geräten, die an jedes verfügbare Rohr und jede Verstrebung gebunden waren, glich die *Rowdy* einer Rumpelkammer.

Jupiter stand zur Linken. Aus dieser Entfernung füllte er nicht mehr den ganzen Himmel aus. Seine orangefarbenen Bänder waren milchig und glatt; Ganymed stand als silberner Fleck an seiner Seite. Das Bild hatte sich eigentlich nicht sehr stark verändert, wenn man berücksichtigte, daß wir jetzt zweiundzwanzig Millionen Kilometer von der Büchse entfernt waren.

J-11 schwankte leicht, und ich mußte mehrere Korrekturen vornehmen, bevor wir uns auf einen Punkt an der Oberfläche eingependelt hatten. Ich bugsierte uns vorsichtig dorthin und beobachtete, wie die Schatten unter uns wanderten, während sich der winzige Mond im Sonnenlicht drehte.

Niemand sprach ein Wort; die meisten hatten damit zu tun, Aufnahmen zu machen und auf ihre Meßgeräte achtzugeben. Nachdem ich unsere Position festgelegt hatte, brauchte ich mich nicht mehr anzustrengen. Die Schwerkraft von J-11 war so schwach, daß er Jahre brauchen würde, um uns anzuziehen.

Nach einer Weile sagte ich: „Dad? Siehst du den Krater dort unten? Den großen zwischen dem Zwillingsgebirge?"

„Mmm, ja. Was ist damit?"

„Für einen Moment glaubte ich, ein helles Blitzen zu sehen, wie von Metall, das die Sonne reflektiert, ganz unten am Boden."

„Ich kann den Boden nicht erkennen."

„Er liegt jetzt im Schatten. Der Fels ist dort wahrscheinlich sowieso dunkel. Ich konnte noch nicht einmal etwas erkennen, als die Sonne dort einfiel."

„Wir müssen näher heran", schlug einer der anderen Männer vor.

Ich warf Leutnant Sharma, der neben mir saß, einen Blick zu.

„Vorwärts", sagte er.

Ich schob die *Rowdy* langsam vor. Der Krater wurde größer. Da ich auf unsere Flugbahn achten mußte, schaute ich nicht nach oben, bis jemand schrie: „He! Da drin ist ein Loch."

Er hatte recht. Der „Krater" war eine bodenlose Grube von mehreren Kilometern Durchmesser. Wo man einen flachen Grund erwartet hätte, war nichts als Schwärze, unheimliche, gespenstische Schwärze.

Ich hörte wirres aufgeregtes Gemurmel. Um mich auf das Lenken konzentrieren zu können, stellte ich den Ton ab. Laufend konferierte Leutnant Sharma mit dem Kommandeur und erhielt Erlaubnis, näher heranzugehen. Einer der Männer hinter mir betätigte eine tragbare Fernsehkamera, damit man auf der *Sagan* den Geschehnissen folgen konnte.

Das Loch blieb schwarz. Wir glitten näher heran. Einen Kilometer, dann einen halben, dann vierhundert Meter. Einer der Wissenschaftler kontrollierte die Strahlungsintensität, entdeckte aber nicht mehr als die üblichen Werte.

Ich richtete die Scheinwerfer der *Rowdy* seitwärts und verursachte damit einige schimmernde Reflexe von den weit entfernten Wänden. Die Ränder der Grube schienen hier und da flüssig geworden und zusammengeschmolzen zu sein.

Leutnant Sharma bat um Erlaubnis, in die Grube vorzudringen. Der Kommandeur diskutierte kurz mit ihm und erklärte sich dann einverstanden.

Ich steuerte das Schiff hinab. Die Schatten des gähnenden Kraters schluckten uns.

Jetzt waren alle verstummt. Niemand hatte etwas zu sagen. Kurz bevor wir hineintauchten, blickte ich zur Seite und sah den Rand des Kraters aufsteigen. Hinter uns manövrierte die *Sagan*, um in Sichtweite zu bleiben. Sonst hätten wir den Funkkontakt miteinander verloren.

Immer noch war nicht viel auszumachen. Die Grubenwände waren weit weg, und die meisten Felsen hätte man für Kohle halten können. Es war stockdunkel.

„Leutnant! Ich registriere ein verstärktes Magnetfeld", sagte einer der Männer hinter mir.

„Was ist es?" fragte mein Vater und streckte einen Finger nach vorn. Ich drehte die *Rowdy* um sich selbst, um die Grubenwände mit den Scheinwerfern beleuchten zu können. Ein dünnes kupferartiges Band zog sich über die Wände. Das Band bildete einen schwachen Ring, der die ganze Grube umgab.

„Was kann das sein?"

„Sieht wie Metall aus."

„Unmöglich."

„Ruhe", befahl Leutnant Sharma und sprach mit dem Kommandeur.

Ich setzte die Geschwindigkeit nicht herab. Ein weiterer Ring rückte ins Blickfeld. Während wir hindurchflogen, schien mir, daß er sich der Fähre etwas genähert hatte. Wie konnte eine derartige Formation entstehen? Ob sie mit der Entwicklung des Asteroidengürtels zu tun hatte? Waren es Metalladern? Die Ringe hatten einen Durchmesser von wenigstens einem Kilometer, übertrafen damit also den Durchmesser der Büchse.

Wir kamen zu dem nächsten. Noch einer folgte. Ihr Abstand voneinander wurde geringer. Außerdem waren sie kleiner. Die Grube verengte sich.

„Vor uns reflektiert etwas das Licht", sagte Leutnant Sharma und brach ein langes Schweigen. Seine Stimme war von trockener Heiserkeit.

Ich verringerte das Tempo der Fähre. Es war schwierig, irgendwelche Einzelheiten zu erkennen. Wir trieben durch eine Kette von Ringen, von denen jeder ein bißchen kleiner war als der vorige. Allmählich begann ich, mich zu gruseln.

Etwas Metallisches lag vor uns; es schien aus dem gleichen gefleckten, kupferartigen Material zu bestehen wie die Ringe. Ich steuerte uns langsam heran und achtete nicht auf den Funkverkehr. Erst als wir ganz nahe waren, merkte ich, daß wir das Ende der Grube erreicht hatten. Das Metallobjekt saß auf einer Wand aus dunklen Felsen.

Wir schwebten etwa einhundert Meter vor der Wand. Der kupferartige Gegenstand war eine Halbkugel ohne sichtbare Markierungen. Sie maß ungefähr zehn Meter.

Ich sah Leutnant Sharma fragend an. Er deutete auf die Grubenwände. „Dahin", ordnete er an.

Wir glitten parallel zum Grubenboden entlang. Dann tauchte vor uns ein Klecks auf, aus dem schließlich ein weißes Rechteck wurde.

„He!" rief jemand.

Plötzlich war der Boden der Grube verschwunden. Ich schaute nach unten und sah nichts als Schwärze. Unter uns war eine Öffnung. Leutnant Sharma zeigte darauf und nickte mir zu. Ich lenkte die *Rowdy* in das Loch hinein und hantierte nervös mit den Ausgleichdüsen.

Die Wände in diesem Loch wurden nicht enger. Der Abstand zwischen ihnen betrug vielleicht zwanzig Meter. Ein Moment verging, bevor mir auffiel, daß es nur an zwei Seiten, nämlich links und rechts, Wände gab. In den anderen Richtungen war nur Dunkelheit.

Was wir für den Boden der Grube gehalten hatten, blockierte sie nur wie ein Korken, der einen Flaschenhals nicht ganz ausfüllt. Nun schoben wir uns an dem Korken vorbei.

Vor uns ragte etwas auf. Ich verlangsamte die Fähre.

„Sieht wie ein Rohr aus", sagte einer.

„Das stimmt", antwortete mein Vater. „Ungefähr fünf Meter im Durchmesser. Es kommt aus der rechten Wand."

„Und führt in den Felsen auf der linken Seite", fuhr Leutnant

Sharma fort. Er kniff die Lippen zusammen, während er es musterte.

Ich bugsierte uns um das Rohr herum. Im bleichen Scheinwerferlicht der Fähre wirkte es elastisch. Wo es in die Wand überging, zeigten sich Krümmungen im Material. Hinter diesem Rohr sahen wir noch andere, die gleichmäßig verteilt waren.

„Zurück", befahl Leutnant Sharma. „Ich möchte mir das weiße Ding ansehen."

Es gab einige Einwände, aber sie gingen mich nichts an. Eifrig setzte ich dorthin zurück, wo wir mehr Bewegungsfreiheit hatten. Erst jetzt begann mir klar zu werden, wie unglaublich die ganze Sache war.

Als wir hinauskamen, steuerte ich auf das weiße Rechteck zu, das mir schon vorher aufgefallen war. Es war glatt in die Grubenwand eingelassen und hatte eine Breite von etwa einhundert Metern.

Darin waren seltsam geformte Öffnungen; neben einigen von ihnen ragten Metallspiralen hervor. Während wir näher heranflogen, war die Orientierung schwierig für mich. Es machte mich nervös, in dieser weiten, tintenschwarzen Dunkelheit zu manövrieren.

Rund zehn Meter vor dem Ding hielt ich an. Leutnant Sharma drehte sich um und zeigte auf zwei Männer, die ihn begleiten sollten. Sie stießen sich gemeinsam ab und trieben hinüber; dabei benutzten sie ihre Anzugdüsen. Erst als sie die Oberfläche des Rechtecks berührten, erkannte ich, daß einer von ihnen mein Vater war.

Unheimliche Stille herrschte. Einige Minuten lang untersuchten sie die Oberfläche. Dann sagte mein Vater, daß es an Aluminium erinnere, aber stärker sei. Sie berieten über ihren nächsten Schritt und beschlossen, in eine der Öffnungen vorzudringen.

Etwas, was wie eine abstrakte Metallskulptur aussah, war neben der am nächsten gelegenen Öffnung angebracht. Vorsichtig befestigten sie eine Leine daran. Dann verschwand der Leutnant hinter dem Rand der Vertiefung aus dem Blickfeld. Die Öffnung war so groß wie die *Rowdy* und schien glatte Seiten zu haben. Mein Vater schlängelte sich nach dem Leutnant hinein und folgte dem Seil. Der dritte Mann verharrte am Rand, blickte hinab und hielt zur Beleuchtung einen Handscheinwerfer.

Wir warteten. Sobald mein Vater und der Leutnant außer Sicht waren, verloren wir die Funkverbindung mit ihnen. Die anderen Männer begannen zu sprechen, aber ich hörte ihnen nicht zu. Ich konzentrierte mich darauf, die Öffnung zu beobachten und nach allem Ausschau zu halten, was aus der Dunkelheit auf uns zukommen könnte. Nichts bewegte sich. Ein ferner Ring, der Eingang zu der Grube, rahmte funkelnde Sterne ein. Wir waren mindestens sieben oder acht Kilometer in das Innere von J-11 eingedrungen.

Minuten krochen dahin. Es verursachte eine Gänsehaut, in der fast völligen Finsternis zu warten. Es kam mir vor, als sei mein Vater schon sehr lange verschwunden. Was konnten sie dort nur tun? Ob Kommandeur Aarons in der *Sagan* wußte, wie lange sie fort waren? Vielleicht hatte er keine Vorstellung davon . . .

Der Mann am Rand winkte jemandem in der Tiefe zu. Einen Moment später trieb mein Vater, der sich am Seil festhielt, heraus. Der Leutnant folgte. Ihre Helme berührten sich und sie deuteten zurück auf die Öffnung.

Nach einer Weile blickte Leutnant Sharma in unsere Richtung und meldete: „Es können noch drei hierher kommen. Ihr wollt doch bestimmt alle Messungen machen."

Ich wartete nicht, bis drei von uns ausgewählt waren, sondern ließ mich zur Seite fallen und flog mit Hilfe meiner Düsen hinüber. Das weiße Metall dröhnte schwach unter meinen Stiefeln, als ich landete. Ein paar Minuten lang half ich dabei, Kameras und andere Geräte anzubringen. Dann zog ich meinen Vater beiseite.

„Wie lange werden wir hierbleiben, Dad?" fragte ich. „Ich würde mich gern drinnen umsehen."

„Nicht lange. Ich möchte auch nicht, daß irgend jemand herumwandert. Das könnte gefährlich werden."

Ich betrachtete die verkrümmten und verschlungenen Metallfinger. Hier zwischen ihnen fühlte ich eine seltsame Kühle.

„Schade. Aber – wer kann das gewesen sein?"

„Die Leute, die das gebaut haben?" Er schüttelte den Kopf. „Keine Ahnung. Aus der Größe der Türen im Inneren – wenn es Türen sind – würde ich schließen, daß sie riesig waren, mindestens zweimal so groß wie wir."

„Sie können nicht vom Jupiter stammen?"

„Das ist unwahrscheinlich. Jupiter besteht nur aus einer dichten Atmosphäre über einem noch dichteren Ozean. Es gibt keine Kontinente dort unten, kein Stück Land. Könnte ein Fisch das Feuer entdecken oder eine Rakete bauen?"

„Welche anderen Möglichkeiten gibt es? Auch auf dem Mars und auf dem Ganymed waren keine Lebewesen."

„Sie stammen nicht aus diesem System, Matt. Ich habe einige Beweise dafür gefunden, als ich im Inneren war. Dort ist ein – nun, ich kann nur raten, daß es ein Schaubild ist, aber ich weiß nicht, wie es funktioniert. Es belebte sich, als ich den Raum betrat. Ich glaube, es ist eine holographische Projektion der nächsten Sterne, mit unserer Sonne im Mittelpunkt. Ungefähr fünf Lichtjahre entfernt, wenn meine Schätzung stimmt", fuhr Dad fort, „liegt ein grünes Objekt. Es befindet sich genau jenseits des Centaurus-Systems, an einem Punkt, wo es meines Wissens keinen Stern gibt. Außerdem liegt der grüne Fleck auf einer dünnen blauen Linie, die vom Rand der Projektion aus nach innen führt. Die blaue Linie hört hier auf – bei der Sonne. Ich vermute, daß die blaue Markierung den Kurs eines Sternenschiffs beschreibt und daß der grüne Fleck das Schiff darstellt."

„Fünf Lichtjahre entfernt. Vielleicht war jemand hier, bevor die Büchse gebaut wurde, und ist wieder verschwunden."

Dad lächelte. „Ich denke, dann wäre uns etwas aufgefallen. Wir haben seit fünfzig Jahren Sonden in der Nähe des Jupiter."

„Dann sind sie nicht weggeflogen? Sie . . . kommen erst noch?"

„Das nehme ich an. Es stünde mit dem Rest im Einklang."

„Mit welchem Rest?"

„Mit diesem Tunnel. Die Metallringe, die wir gesehen haben, erinnerten mich an unsere Ionenmotoren. Ich wette, es sind supraleitfähige Magneten. Der Tunnel ist ein gigantischer Induktionsbeschleuniger."

Ich zwinkerte mit den Augen. „Ja? Wofür?"

„Für die Meteorschwärme. Sieh dir das an." Er deutete in der Dunkelheit auf den gewaltigen „Felsenkorken", mit dem der Tunnel versperrt war. „Das könnte der nächste Schwarm sein, den wir beobachten werden. Irgend etwas wird durch diese Rohre hineingepumpt, dann wird der Felsen zerbrochen und diesen Schacht hinab beschleunigt wie mit einer riesigen Kanone."

„Die auf die Jupiterpole gerichtet ist", sagte ich.

„Ja." Ich merkte, daß Dad nachdachte. Er schaute auf Teile des merkwürdig verbogenen Metalls um uns herum und runzelte die Stirn. Was immer das Metall sein mochte, es enthielt Eisen, da unsere Magnetstiefel daran hafteten.

„Weißt du, Matt", begann er schließlich wieder, „ich glaube nicht an Zufälle. Erst die Stürme, dann die Meteorschwärme, und plötzlich entdecktest du Leben, das auf elektrischen Feldern aus der Atmosphäre hinauskreiste. Alles geschah fast gleichzeitig."

„Was wir wohl finden würden, wenn wir den Felsenkorken im Tunnel öffneten", erwiderte ich nachdenklich.

„Wie meinst du das?"

„Könnte es nicht sein, daß jemand auf dem Jupiter Samen aussät? Damit er bereit ist, wenn das Sternenschiff eintrifft?"

„Aber was für Samen sollen das sein?"

„Ich weiß nicht. Um Nahrung zu produzieren? Vielleicht für einen Fisch, der Sternenschiffe bauen kann?" Ich grinste.

„Das wäre ein Riesenprojekt. Der Jupiter könnte millionenmal mehr Leben erhalten als die Erde."

„Die Größe ist für Menschen kein Hindernis. Ich verstehe nicht, wieso sie andere denkende Wesen aufhalten sollte. In fünfzig Jahren werden wir die Atmosphäre des Ganymed vielleicht mit einer Hülle umgeben, um den Sauerstoff nicht entweichen zu lassen und ein besseres Treibhaus aus ihm zu machen. Wenn wir Zeit haben, können wir vielleicht sogar etwas mit dem Jupiter anfangen – vorausgesetzt, daß uns nicht jemand zuvorkommt."

Dad berührte vorsichtig einen der Metallgegenstände. „Kann sein . . . kann sein. Wir alle werden uns unsere eigenen Gedanken machen, aber niemand wird die Antwort wissen, bevor der grüne Punkt hier ankommt."

„Wir werden beide hier sein, um es mitzuerleben, Dad", sagte ich. „Die IWA kann mich jetzt nicht mehr zur Erde schicken."

„Nicht ohne Widerstand von mir und wohl auch vom Kommandeur." Er winkte den anderen Männern zu. „Packt jetzt besser ein!" rief er. „Wir sollten die ganze Mannschaft hierherbringen und einen Stützpunkt am Rande des Kraters errichten. Hier ist Sorgfalt am Platze."

Er glitt hinüber, um mit den übrigen zu sprechen. Ich blickte zurück zu dem lockenden Kreis am Ende des Tunnels. Die *Sagan* war ein scharfer, heller Punkt, der von den Nebelstreifen des Jupiter umschlungen wurde.

Der Jupiter verändert sich ständig. Seine Bänder mit ihren hellen Streifen, scharlachroten Klecksen und braunen Filigranmustern wiegen sich in einem unbekannten Rhythmus. Der Rote Fleck kocht und schäumt.

Ich werde den Jupiter noch oft bewundern; vielleicht werde ich sogar mein ganzes Leben hier draußen verbringen. Jemand mußte ja da sein, wenn die Besitzer von J-11 zurückkehrten. Bis dahin würde hier schon eine ganze Siedlung auf sie warten.

Auch Zak würde wahrscheinlich bleiben, seinem Fatalismus zum Trotz. Genauso wie Mom und Dad. Ihnen lag es im Blut. Auch Jenny.

Sogar Juri konnte hierbleiben. Das war kein Problem mehr für mich.

Der eisige Knoten der Furcht in meinem Innern war nun verschwunden. Ich hatte unter dieser Furcht gelitten, seit ich ein kleiner Junge war. Wenn sie sich je wieder einstellte, konnte ich sie erkennen und besiegen. Viele Probleme sind so: Sie schrumpfen zusammen, wenn man den Mut aufbringt, sie genau zu betrachten. Selbsterkenntnis braucht schließlich kein Nachteil zu sein . . .

Es war ein angenehmes Gefühl, das zu wissen. Letzten Endes gibt es nichts, vor dem die Furcht sich lohnt.

Auch die Menschen im Labor wußten das. Sie hatten diese unermeßliche Entfernung über das Meer des Weltraums zurückgelegt, scheuten kein Risiko und hausten zusammengedrängt in einer Blechbüchse – all das, um Wissen zu erobern, um die Nase in Dinge hineinzustecken, die den Schlüssel zum Verständnis des Universums liefern konnten. Das ist menschlich. Wenn wir uns anders verhielten, würden wir uns zu Tode langweilen.

Ich konnte die Zukunft nicht vorhersehen, aber von einem war ich überzeugt: Ich würde mich nie langweilen.

„Matt!" rief mein Vater. „Wir starten."

Ich machte meine Magnetanker los und schwebte hinüber, um zu helfen.

Bitte umblättern!